Autour de la Lune

by Jules Gabriel Verne

環繞月球

【法文全譯插圖本】

儒勒・凡爾納 著
吳欣怡 譯

好讀出版

目錄

序章

本章乃首集提要，亦作本續集之序言。

一八六幾年間，科學史上一項史無前例的試驗轟動全世界。美國南北戰爭後，一群炮兵在巴爾的摩組了個大炮俱樂部，成員打算與月球建立關係，是的，就是月球，於是朝月球發射一枚炮彈。這項事業發起人是俱樂部主席巴比卡納，除了請教劍橋天文臺的天文學家，爲求創舉成功，他更做足必要措施，亦獲多數專家表態，認爲成功機率極高。他對外發起募捐，募得三千萬法郎，隨即開始進行這項規模龐大的工程。

依天文臺人員撰寫的書面報告，爲了能從天頂瞄準月球，建造發射炮彈的大炮地點，應位於北緯或南緯零至二十八度之間，而炮彈推進初速須達每秒一萬兩千碼，發射時間爲十二月一日晚間十時四十六分四十秒，發射後四日，即十二月五日午夜準時抵達月球，此刻月球正好來到近地點，也就是離地球最近的位置，相距八萬六千四百一十法里[1]。

1 法里：法國古距離單位，約4公里。

大炮俱樂部主要成員巴比卡納主席、艾爾費斯頓參謀、祕書馬斯通亦多次與其他學者開會討論炮彈樣式與結構、大炮建造地點與種類、採用的火藥性質與數量。最終決議：

一、炮彈應爲鋁製，直徑一百零八英寸，彈壁厚度十二英寸，總重量爲一萬九千兩百五十磅。

二、大炮採哥倫比亞鑄鐵炮，炮身長九百英尺，於發射處就地澆鑄。

三、載負四十萬磅火棉火藥，自炮彈底部噴射六十億公升氣體，輕鬆送往那顆黑夜星球。

前述問題取得結論後，巴比卡納主席在工程師莫爾奇森協助下，擇定於佛羅里達州北緯二十七度七分、西經五度七分處鑄炮，於該地進行令人嘆爲觀止的工程，最後完美澆鑄成功哥倫比亞大炮。

事情發展至此，一個突如其來的事件，使眾人對這項偉大事業的關注大增百倍。某位法國人，或說天馬行空的巴黎人，或稱智勇雙全的藝術家，要求把自己關進炮彈，打算登陸月球，好好探勘這顆地球的衛星。膽識過人的冒險家名叫米歇勒．阿爾當。他來到美國，受到熱烈歡迎；召開多場會議，贏得歡呼喝采；又勸和巴比卡納主席及其死對頭尼修勒船長，爲保證和解爲眞，更說服雙方與他一同搭乘炮彈展開旅程。

他的提議也獲認同，炮彈樣式改成圓錐柱體，而這款空中車廂內部除了裝滿強力彈簧及可減輕出發當下後座力的易碎隔板，另備妥一年份的食糧、數月用的水和幾日用的煤氣，還有一台自動設備，負責製造供三位旅人呼吸的重要空氣。同時，大炮俱樂部在洛磯山脈最高峰建置一架特大號望遠鏡，以追蹤運行天際的炮彈。如此，萬事俱備。

十一月三十日，在誇張人潮爭睹下，炮彈準時發射升空，人類首次離開地球，三人自認勝券在握，奔向太空星際。米歇勒．阿爾當、巴比卡納主席及尼修勒船長這三位勇敢的旅客，將展開九十七小時十三分又二十秒的旅行，所以他們抵達月球表面的時間只會在十二月五日午夜，正好遇上滿月，而非某些消息不靈通的報社報導的四號抵達。

然而，誰也沒料到，哥倫比亞大炮發出轟天巨響後，引發大量氣體堆湧，瞬間攪混大氣層，此景引發眾怒，因為月球受遮數晚，完全瞧不見。

可敬的馬斯通，三位旅行家最英勇的朋友，在同樣可敬的劍橋天文臺臺長貝勒法斯特陪同下前往洛磯山脈，抵達朗斯峰觀測站，那兒架立一台可將月球距離拉近至兩法里的望遠鏡。大炮俱樂部可敬的祕書打算親自觀測勇敢朋友們的交通工具。

十二月五日、六日、七日、八日、九日及十日這些天，氣層間雲霧堆積，阻礙所有觀測，甚至有人認為得到隔年一月三日才能重啟觀測，因為十一日起進入上弦月期，月球能見面積只剩一小部分，無法追蹤炮彈的蹤跡。

總算等到十二月十一日深夜，一場暴風掃清氣層，半明月影現身夜空，清晰可見，大夥兒這才如願以償。

當晚，馬斯通及貝勒法斯特發了一封電報給劍橋天文臺的同仁。

而電報內容為何？

內文提到：十二月十一日晚間八點四十七分，貝勒法斯特和馬斯通兩位先生發現自石頭崗哥倫比亞大炮發射的炮彈蹤影，炮彈因不明原因偏向，未抵達目的地，唯受月球引力牽動，仍十分接近月球，只是直行變繞行，改以橢圓形軌道環繞這黑夜星球運轉，成了月球的衛星。

電報裡又表示，目前尚無法計算這枚新天體各項數據，因為必須擇三處相異位置進行三方觀測後，才能確認數據。接著指出炮彈距月球表面「應該」約兩千八百三十三英里，即四千五百法里。

電報最後提出兩項假設作結：要不月球引力拉動炮彈，旅行家們即可抵達目的地；或者，炮彈就這麼依固定軌道，永遠繞行月球。

三位旅行家會面臨哪一種命運呢？沒錯，他們的食糧可撐一段時日，但即使這項冒險計畫成功，又該如何返回？回得來嗎？能有他們音訊嗎？當代學識最豐的學者們紛紛針對這些問題投書筆戰，民眾同樣大感興趣。

不得不建議一下這兩位過度躁進的觀測者，科學家公開發表純屬臆測的論點時，往往欠缺嚴謹，沒人說非得找出什麼行星、彗星或衛星才行，可一旦弄錯，勢必惹來群眾譏諷，故等待為宜，這也是急性子的馬斯通發電報給全世界前該做的，因為依其電報內容，等於斷定計畫結果。

事實上，電報亦如後來所證，存在兩大錯誤：一，關於炮彈到月球表面的距離乃觀測上之錯誤，因為十二月十一日根本不可能看到炮彈，馬斯通所見或自以為看見的，絕非哥倫比亞炮彈；二，關於炮彈本身將面對的遭遇則屬理論上的錯誤，因為視炮彈為月球的衛星，全然違背力學原理。

這位朗斯峰觀測者唯一成立的假設，僅預測到若三位旅行家還活著，應該能藉助月球引力抵達月球表面。

其實，那三位智勇雙全之士果真熬過發射當下猛烈的後座力存活下來，所以接著將細述這趟炮彈車廂之旅最扣人心弦、光怪陸離的情境與經歷。故事內容將破除許多幻想與預期，轉而給人正確觀念以解讀這類計畫必經的曲折意外，尤其能凸顯巴比卡納的科學天賦、尼修勒的機智靈活及米歇勒·阿爾當的幽默膽大。

此外，亦證明他們可敬的朋友馬斯通貼著特大號望遠鏡猛瞧月球運行星際的路徑，實在浪費時間。

第一章　晚上十點二十分至十點四十七分

十點鐘聲響畢，米歇勒．阿爾當、巴比卡納及尼修勒向許多留在地球的朋友道別，爲了使隨行的兩條狗適應月球大陸的氣候，已提早將犬隻關入炮彈。三位旅行家走近巨型鑄鐵炮炮口，一台活動吊車送他們往下至炮彈錐頂上蓋處。

那兒特地開了一道可通往鋁製車廂的入口，吊車滑輪往外拉移，哥倫比亞大炮炮口最後一部分鷹架瞬間拆除清空。

尼修勒一與同伴進入炮彈，隨即取來一塊堅固的壁板封住入口，由內鎖上栓力最強的螺絲，另外幾扇透鏡玻璃舷窗也密實覆蓋了相同的壁板，三位旅行家身處徹底密閉的金屬監獄，陷入全面黑暗。

「現在，親愛的夥伴，」米歇勒．阿爾當說，「當自己的小窩吧！我個人很居家，對家飾擺設很有一套，我會盡力布置新居，讓咱們住得舒適自在。但首先，得找點光看路，見鬼！煤氣可不是爲了鼴鼠發明的。」

語畢，這位樂天派青年拿火柴劃過靴底，火光立顯，接著他將火柴湊近一只容器開口，容器裡以高壓方式儲存碳氫混合物，足以供炮彈內照明與保暖達一百四十四小時，相當於六天六夜。

煤氣燈亮了，被照亮的炮彈內部，如同一間舒適的臥房，牆壁裝有軟墊，還圍了一圈沙發，圓拱造形好似一般圓頂建築。

裡面所有的東西，包括武器、儀器、用品皆牢牢固定在塞滿填充物、圓鼓鼓的軟墊上，得以耐住發射時的撞擊，不受損壞。爲了使這場大膽的試驗圓滿成功，任何人力所及的預防措施全盡可能用上了。

米歇勒·阿爾當悉數檢查後表示很滿意內部設備。

「雖說是牢房，」他開口，「卻是一間宜旅行、鼻子還能貼著窗戶的牢房，眞想打個一百年租約！你在笑嗎，巴比卡納？在偷想什麼？是不是想著這牢房恐怕是咱們的墳墓？墳墓，也許，但就算拿穆罕默德的陵墓來換我也不要，因爲他的只能在有限空間裡移動，可無法行駛前進！」

在米歇勒·阿爾當滔滔不絕之時，巴比卡納和尼修勒正忙著最後的準備工作。

依尼修勒的航行錶，三人最後被關進炮彈的時間是晚間十點二十分，這支錶與工程師莫爾奇森的錶校對過，只有十分之一秒的誤差。巴比卡納看了看錶。

煤氣燈亮了

「朋友們，」他說，「現在是十點二十分，等到十點四十七分，莫爾奇森會將連接哥倫比亞大炮火藥室的電線通電，產生電火花，屆時，我們將離開地球。所以我們待在地球的時間還剩二十七分鐘。」

「是二十六分又三十秒。」一絲不苟的尼修勒回應道。

「好，」米歇勒．阿爾當愉快地嚷著，「二十六分鐘，有一籮筐事可做！我們可以討論最嚴肅的倫理與政治議題，甚至找出對策！若能妥善運用這二十六分鐘，比無所事事二十六年還有價值！科學家巴斯卡或牛頓的幾秒鐘比一大群笨蛋的一輩子珍貴多了……」

「這就是你的結論，話匣子先生？」巴比卡納主席問道。

「我的結論是還有二十六分鐘。」阿爾當回答。

「只剩二十四分鐘了。」尼修勒接話。

「二十四分鐘，您說了算，勇敢的船長，」阿爾當回應，「二十四分鐘可以讓我們深入探討……」

「米歇勒，」巴比卡納說，「再難的課題航程中多的是時間深入探討，現在我們得爲啟程做好準備。」

「不是準備好了嗎？」

「差不多，不過爲了盡量減弱一開始的撞擊力道，還有幾項預防措施得做！」

「我們已在層層易碎隔板間灌滿清水，水的彈性保護我們綽綽有餘，不是嗎？」

「但願如此，米歇勒，」巴比卡納小聲回答，「但我實在沒把握！」

「哎呀！這人可眞幽默！」米歇勒・阿爾當驚叫，「但願如此！……沒有把握！……還等我們被裝進這桶子後，才坦言處境不妙！不成，我要出去！」

「如何出去？」巴比卡納反問。

「問得好！」米歇勒・阿爾當回應，「是很難辦，咱們火車也上了，不到二十四分鐘，司機也要拉響汽笛了……」

「二十分鐘。」尼修勒糾正。

三名旅客面面相覷片刻，趕緊再度細查炮彈內部設備。

「一切就緒，」巴比卡納表示，「現在該決定怎麼坐才能有效承受炮彈發射時的撞擊，我們得盡量避免血液突然大量流向大腦，所以姿勢還是有差。」

「正確。」尼修勒道。

「那我們就學馬戲團小丑頭下腳上好了。」米歇勒・阿爾當邊回話，邊準備依言示範。

「不，」巴比卡納說，「我們應該側躺，如此更能抵受撞擊。請注意，炮彈發射當下，頭朝底部或朝前方差不了多少。」

「光這個『差不了多少』，就眞讓我放心。」米歇勒・阿爾當回嘴。

「您同意我的想法嗎，尼修勒？」巴比卡納問。

「完全同意。」船長回答。「還有十三分半。」

「尼修勒不是人吧！」米歇勒嚷著，「根本是副配備秒針、擒縱裝置的航行錶，還有八個軸孔……」

但兩位夥伴顯然沒聽他說什麼，只顧著做足最後準備，冷靜到不可思議，如兩名井井有條的旅客，登上列車後，盡可能讓自己坐得舒適些。當眞令人想問這些美國人的心臟到底是什麼做的，面對鉅險來勢洶洶，脈搏竟不曾多跳一下！

炮彈裡備有三張穩固厚實的床墊，尼修勒和巴比卡納將其移至活動地板的中央，三位旅客在出發前幾分鐘就得上床墊躺好。

在此同時，阿爾當一刻也停不住，像籠中猛獸般在狹窄的囚牢裡團團轉，一會兒與友人談話，一會兒與狗兒黛安娜[1]、衛星閒聊，瞧他才沒多久就給狗兒取好應景的名字了。

「嘿！黛安娜！嘿！衛星！」他喚著狗名逗牠們玩，「你們可得將地球狗最佳模樣展現給月球狗看，這將是犬類的榮耀！老天！如果咱們還下得來，我要帶回一條混種月球狗，鐵定引發風潮。」

---

1 黛安娜：希臘羅馬神話中的月亮與狩獵女神，希臘名字是阿緹密斯（Artemis）。

黛安娜與衛星

「那也得月球有狗才行。」巴比卡納開口道。

「一定有，」米歇勒·阿爾當肯定地說，「馬匹、母牛、驢子、母雞也都有，我賭一定能找到母雞！」

「我賭一百美金找不到。」尼修勒出聲。

「成交，船長，」阿爾當與尼修勒握手約定，「但提到打賭，你已賭輸主席三次，先是試驗所需資金募足，接著炮彈鑄造成功，哥倫比亞大炮也順利塡裝火藥，合計六千美元。」

「對，」尼修勒答道，「現在時間十點三十七分零六秒。」

「說定囉，船長。倒是再過一刻鐘，你還得付主席九千美元，四千美元是因爲哥倫比亞大炮沒爆炸，另五千美元是炮彈將飛升超過六英里。」

「錢已備妥，」尼修勒拍拍衣服口袋應道，「就等著付款。」

「算你厲害，尼修勒，我看我這輩子都無法像你這樣按部就班，但話說回來，這一連串打賭原本對你就沒多大好處，容我道個分明。」

「爲什麼？」

「因爲如果你贏了第一個，表示哥倫比亞大炮連同炮彈爆炸了，那巴比卡納也就無法活著付賭金給你。」

「我把賭金存在巴爾的摩銀行了。」巴比卡納直接表明。「尼修勒身故，則轉付給他的繼承人。」

「哇！兩位眞是言出必行！」米歇勒．阿爾當直呼，「非常務實，令人敬佩又匪夷所思啊！」

「十點四十二分！」尼修勒說。

「再五分鐘！」巴比卡納回應。

「是啊！再短短五分鐘！」米歇勒．阿爾當接話，「此刻我們被關進九百英尺長炮管底部的炮彈，下方裝滿四十萬磅火棉，威力等同一百六十萬磅普通火藥！好朋友莫爾奇森正手持航行錶，眼盯指針，手指等在電子儀器上，倒數讀秒，準備將咱們拋向星際太空！……」

「好了，米歇勒，好了！」巴比卡納認眞表示，「來準備吧！我們離這重要時刻只差一點時間，我的朋友，握個手吧！」

「當然。」米歇勒．阿爾當大聲說，表現得比預期激動。

三位勇敢的夥伴最後緊緊相擁。

「願上帝保佑！」巴比卡納虔誠祈禱。

米歇勒．阿爾當和尼修勒躺上置於地板中央的床墊。

「十點四十七分！」船長低聲道。

還剩二十秒！巴比卡納迅速熄滅煤氣燈，在同伴身邊躺下。

寂靜中只聞航行錶秒針跳動的聲音。
突然，炮彈一陣劇烈震動，在火棉燃燒釋放出六十億公升氣體推進下，衝上太空。

第二章　最初的半小時

炮彈歷經了什麼？劇烈震動又帶來什麼變數？製炮團隊一番巧奪天工是否獲得美好結局？撞擊是否因彈簧、四面緩衝墊、灌滿水及易碎隔板而減輕？是否征服了初速一萬一千公尺引發的駭人推進力？以此速度穿越巴黎或紐約，那可是一秒就走完了。這肯定是無數見證此動人情景的民眾想問的，他們忘了旅程的目的，只掛念著旅客！然而倘若有人，比方說馬斯通，有機會朝炮彈內部瞄一眼，又能見著什麼呢？

答案是什麼也看不見，因爲炮彈內漆黑一片。實際上，圓錐柱體的壁板耐受力超群，沒有出現任何裂痕、彎曲、變形，在火藥引爆的強大威力下，這了不起的炮彈甚至毫髮無傷，並未如大家擔心的，融化成一陣鋁雨。

至於內部，整體而言損害甚微，僅幾樣東西被猛拋上拱頂，大部分重要物品看來未因撞擊受損，固定物品的繩索皆完好無缺。

活動地板隨著隔板碎裂及層層排水，已降至炮彈底部，上頭躺著三副身軀，動也不動。

巴比卡納、尼修勒、米歇勒·阿爾當還有氣息嗎？炮彈不會成了載著三具屍體前往太空的金屬棺木吧？……

炮彈發射後數分鐘，其中一副軀體動了一下，揮揮手臂，抬起頭，接著翻身趴跪在地。是米歇勒·阿爾當。他摸摸自己，發出一聲「嗯」，接著開口：

「米歇勒·阿爾當，安然無恙。來瞧瞧其他人。」

勇敢的法國人想起身，卻站不直，頭很暈，衝上腦門的血液害他暫時失明，他像個醉漢搖搖晃晃。

「哎呀！簡直像灌了兩瓶科頓紅酒下肚，倒是喝起來沒那麼愉快！」

他數度撐扶前額，按揉太陽穴，放聲叫喚：

「尼修勒！巴比卡納！」

他焦急等候，卻無回應，連一點證明同伴心臟仍跳動的聲息都沒有。他反覆呼喊，依舊靜悄悄。

「該死！」他說，「他倆怎麼弄得像從六層樓高處倒栽蔥摔落一樣！嘿！」他懷抱堅不可摧的信念又說：「若我這法國人跪得起來，那兩個美國人必定不難站起來，無論如何，先點亮燈瞧瞧！」

阿爾當感到體力已明顯恢復，血流逐漸緩和，回到正常循環，氣力再生助他重拾平衡

勇敢的法國人

感，總算能站穩身子。他從口袋拿出火柴，塗磷的火柴一劃即燃，接著送近燈口，點亮煤燈。儲存碳氫混合物的容器絲毫未損，煤氣確定無外漏，畢竟外漏會有氣味，況且當氫氣滿溢，拿著點燃火柴到處走動的米歇勒·阿爾當不可能不受傷。即使發射當下的強震沒摧毀炮彈，但煤氣與空氣結合所產生的致爆混合物一旦爆炸，恐怕還是會毀滅炮彈。

燈一點亮，阿爾當俯身查看同伴，二人身軀相疊，好似無生命跡象的物體，尼修勒在上，巴比卡納在下。

阿爾當扶起船長靠上沙發，又用力替他按摩，如此巧勁按醒了尼修勒，他睜開眼睛，迅速找回冷靜，抓著阿爾當的手，環視四周。

「巴比卡納呢？」他問。

「輪流，」米歇勒·阿爾當若無其事地說，「尼修勒，因爲你在上面，所以你先，現在換巴比卡納了。」

說完，阿爾當和尼修勒將大炮俱樂部主席抬上沙發，巴比卡納看起來比同伴們痛苦，還流了血。尼修勒查出血跡來自肩膀的輕傷後放心不少，他小心壓住擦傷處止血。

儘管如此，巴比卡納仍過了許久才恢復意識，令兩名夥伴心急如焚，拚命爲他按摩。

「他還有呼吸。」尼修勒貼著傷者胸口聽。

「是啊，」阿爾當回答，「他呼吸得像每天都按摩的人，按吧，尼修勒，用力按吧！」

他們抬起巴比卡納

兩位臨危受命的按摩師傅動作賣力確實，巴比卡納終於恢復知覺，他張開雙眼，坐起來拉住友人們的手，一開口便問：

「尼修勒，我們持續前進嗎？」

尼修勒望著巴比卡納。他們還沒空操心炮彈，因爲旅客才是第一考量，而非車廂。

「我們持續前進沒錯吧？」米歇勒．阿爾當重複問題。

「或者我們正默默躺在佛羅里達的土地上？」尼修勒發問。

「或在墨西哥灣底下？」米歇勒．阿爾當補了一句。

「眞不敢相信！」巴比卡納主席喊道。

同伴們提出的兩種推測令他頓時清醒。

總之，目前尚無從判斷炮彈處境，看樣子炮彈是靜止的，而在與外部失聯的情況下，剛才的問題實在無解。也許炮彈正按預定路線運行太空，也許短暫爬升後即墜落地球，甚或掉入墨西哥灣，佛羅里達半島寬度窄狹，確實可能墜海。

事態嚴重，這問題不容小覷，得盡早解決。巴比卡納身體雖虛弱，卻意志高昂，他起身傾聽，外頭一片寂靜，不過厚實的軟墊原本就足以阻隔地球上所有聲音，倒是巴比卡納留意到，炮彈內部溫度高得不尋常。主席從防護套裡取出溫度計查看，上頭顯示攝氏四十五度。

「沒錯！」當下他大叫出聲，「沒錯！我們在前進！炮彈穿越大氣層時摩擦生熱，熱氣經由炮彈外殼傳導入內，於是悶熱難耐！但熱度會立刻下降，因為我們將升入真空漂浮，剛才是透不過氣，接下來得忍受酷寒。」

「什麼?!」米歇勒．阿爾當問道，「依你所言，巴比卡納，我們現在已經穿過大氣層邊緣？」

「不用懷疑，米歇勒。聽我說，現在是十點五十五分，距我們發射升空大約過了八分鐘，假如炮彈初速未受摩擦力影響而放慢，那麼只需六秒，我們就能穿越包圍地球、厚度達十六法里的大氣層。」

「完全正確，」尼修勒回應，「不過，您認為摩擦力會讓速度減慢多少？」

「三分之一，尼修勒，」巴比卡納答道，「降幅極大，但，計算結果就是如此。所以，我們初速是一萬一千公尺，衝出大氣層時的速度將降至七千三百三十二公尺，無論如何，這段距離我們剛剛穿越了，而且……」

「那麼，」米歇勒．阿爾當說，「尼修勒兄又賭輸兩注：四千美元因為哥倫比亞大炮沒爆炸，五千美元因為炮彈飛升高度超過六英里。好吧，尼修勒，願賭服輸。」

「先查證，」船長回答，「才能付錢。巴比卡納的推論很可能沒錯，我自然也輸掉九千美元，不過我另外想到一種假設，或許能翻盤。」

「什麼假設？」巴比卡納急問。

「就是根本沒點燃火藥，不管什麼原因，所以我們還沒出發。」

「老天，船長，」米歇勒．阿爾當嚷著，「這是我這顆腦袋才想得出的假設吧！太不嚴謹了！咱們不就因強震陷入半死不活？我不是還喚醒你？主席的肩膀不也因後座力而衝撞流血？」

「同意，米歇勒，」尼修勒又說，「但還剩一個問題。」

「說吧，船長。」

「你有聽見爆炸聲嗎？理應很大聲才對啊！」

「沒有，」阿爾當答道，心頭一震，「的確，沒聽見爆炸聲。」

「巴比卡納您呢？」

「我也沒有。」

「所以？」尼修勒問。

「是啊！」主席喃喃自語，「爲何沒聽見爆炸聲？」

三位友人面面相覷，不知如何解釋這個現象，炮彈既然發射，就該有爆炸聲。

「先弄清楚我們在哪兒好了，」巴比卡納開口，「快來卸下壁板。」

拆卸方式很簡單，一下子就完成了，他們拿活動扳手轉開右舷窗外側壁板螺栓上的螺帽，將螺栓往外推，再以橡膠活塞堵住螺栓留下的孔洞。外側壁板裝有鉸鏈，可像門一樣打開，露出透鏡玻璃舷窗。左面舷窗規格相同，厚壁板也被鑽個洞；另有一扇在炮彈拱頂，最後底下中央還有第四扇。這四扇窗方向不同，炮彈左右兩側玻璃窗可查看天空，而上下處窗口觀測地球或月亮最爲直接。

巴比卡納和兩位同伴急忙奔向未遮蓋的玻璃窗，外頭一絲光線也沒有，漆黑籠罩炮彈，巴比卡納主席不禁高喊：

「沒有，朋友，我們沒有墜落地球！沒有，也沒有沉入墨西哥灣！對，我們升上太空了！瞧瞧那些夜晚閃爍的星星，還有堆疊在地球和我們之間深不可測的黑暗！」

「哇呀！好耶！」米歇勒·阿爾當及尼修勒同聲歡呼。

確實，鋪天蓋地的黑暗證明炮彈已離開地球，因爲陸地上月色明亮，如果他們停留地球表面，理應看得到月光。漆黑同時表示炮彈已穿越大氣層，因爲空氣中的光線具發散性，觸及金屬壁板時應會產生反射，目前卻不見此現象。舷窗玻璃也該透光，但玻璃是暗的，無庸置疑，旅客們已離開地球。

「我輸了。」尼修勒說。

「我該恭喜你！」阿爾當回應。

「九千美元在此。」船長說著，從口袋取出一捆紙鈔。

「需要收據嗎？」巴比卡納接過錢問道。

「如果不麻煩的話，」尼修勒回答，「程序會比較完整。」

於是主席像收銀員般，鄭重從容地取出筆記本，撕下一頁白紙，用鉛筆擬寫一份制式收據，註明日期、簽字、畫押，再交給船長，船長小心地將收據放入皮夾。

米歇勒．阿爾當當著兩位同伴的面，脫下鴨舌帽，行一鞠躬禮，眼下竟還如此講究形式，著實令人張口結舌，如此「美式風格」，前所未見。

完成交易後，巴比卡納和尼修勒重返窗邊，繼續觀察星宿。點點繁星襯著黑夜格外醒目，然而從這頭，卻獨不見由東朝西行、逐漸升向天頂的月球，阿爾當不禁陷入沉思。

「月亮呢？」他開口，「不小心失約了嗎？」

「放心，」巴比卡納回答，「咱們準備前往的星球仍在原處，只是這個方向看不到，來開另一側舷窗吧！」

正當巴比卡納準備離開窗邊去開對面舷窗時，一個發光體迎面而來，引起他注意，那是個巨大圓盤，體積大到無法估算，面向地球那面光亮耀眼，可說是反射月球光芒的小月亮，不但前進速度驚人，其環繞地球留下的軌跡似乎也與炮彈的軌道交叉，而且，此移動體與所有孤獨流浪太空的天體一般，皆是邊運行，邊同步自轉。

「啊！」米歇勒．阿爾當直呼，「那是什麼？另一台炮彈？」

巴比卡納沒答話，出現這麼個龐然大物，令他驚訝不安。萬一相撞，恐引發各種可怕後

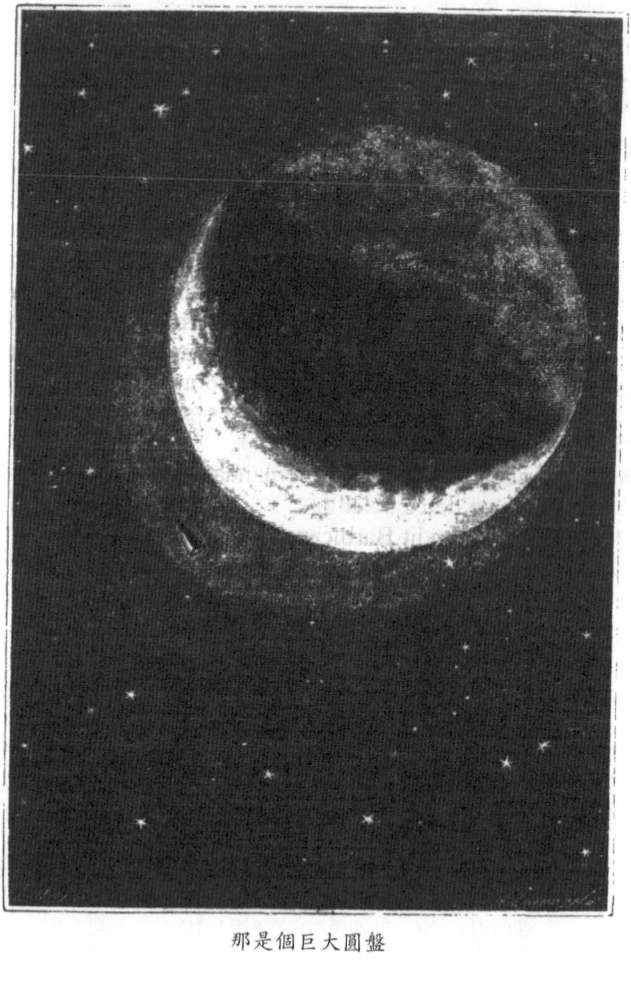

那是個巨大圓盤

果，炮彈可能偏離航道，也可能撞擊後損毀，墜落地球，甚或被迫讓這顆小行星的引力拖著走。

巴比卡納主席很快就明白，無論三項假設中哪一項成眞，都代表試驗失敗。他的同伴們安靜望著太空，隨著距離越近，物體越顯巨大，又因錯覺，看來反而像炮彈加速迎向該物。

「老天！」米歇勒．阿爾當大吼，「列車要對撞了！」

旅客們嚇壞了，本能地向後閃躲，受驚過程並不久，僅幾秒鐘左右。小行星於數百公尺遠處，與炮彈擦身而過，旋即失去蹤影，原因並非運行快速，而是它背對月球那面沒入黑暗，瞬間隱形，失去蹤影。

「一路順風！」米歇勒．阿爾當高喊，大大鬆了一口氣，「怎麼樣！浩瀚宇宙夠讓可憐的小炮彈放心遨遊了吧！嘿！那個差點撞上咱們的冒失大個兒是什麼？」

「我知道。」巴比卡納回答。

「當然！你無所不知。」

「單純是顆流星，」巴比卡納解釋，「只是因體積龐大，才受地球引力牽引，變成衛星。」

「眞的嗎？」米歇勒．阿爾當直呼，「所以地球也如海王星有兩個月亮？」

「對，朋友，兩個月亮，但通常只能見到一個，第二個月亮太小又太快，地球居民不可能看到，然而正因留意到若干天象變動，才讓法國天文學家柏帝先生確認第二顆衛星存在，推算出相關數據。據他觀察，這顆流星繞地球一圈僅需三小時二十分，顯示速度飛快。」

「其他天文學家承認這顆衛星存在嗎？」

「不，」巴比卡納答道，「若他們能像我們這般與其打過照面，想必不再懷疑。其實，我認為這顆嚇壞人、險些撞上炮彈的流星，反而能幫我們確認方位。」

「如何確認？」阿爾當問。

「既知它與地球的距離，可知我們相遇的點位，恰好距地球八千一百四十公里。」

「兩千多法里！」米歇勒．阿爾當嚷著，「比那名叫地球的可憐星球上的特快鐵路還長！」

「我認同，」尼修勒注視著航行錶覆議，「十一點，我們才離開美洲大陸十三分鐘。」

「十三分鐘而已？」巴比卡納問。

「對，」尼修勒回答，「如果初速維持每秒十一公里不變，則時速將近一萬法里！」

「一切都非常順利，朋友，」主席表示，「但有個問題依舊無解，為何沒聽見哥倫比亞大炮的炮聲？」

無人回應，談話暫且打住。巴比卡納邊思索邊拆卸另一側舷窗蓋，開啟後，月光自除去遮蔽的玻璃窗透入，炮彈內光線明亮充盈。節約成性的尼修勒立即熄滅多餘的煤氣燈，何況，煤氣燈光亦妨礙觀測星際太空。

圓月皎潔非凡，月光不再需要經過地球朦朧氣層，可直接透進窗內，炮彈裡銀光滿溢，蒼穹夜幕映襯著月色分明，在眞空太空中光線無法擴散，故月光不會遮掩鄰近星光。映入眼簾的天景前所未聞，是人類難以想像的畫面。

可想而知三位勇士如何興致高昂，凝望這趟旅程的終極目標——月球，這顆地球衛星依自身運行軌道，緩慢接近天頂，從數理角度推斷，約需九十六小時方能抵達。儘管月球的山脈、平原、各種地勢起伏都不比從地球任何一處觀測來得清晰，但眞空中，月光極端強勁，如白金鏡子亮澤奪目，旅客們早已將腳底下那顆逐漸遠離的地球忘得一乾二淨。

還是尼修勒船長先提起地球不見了。

「是啊！」米歇勒．阿爾當答腔，「不可忘恩負義，既已離開家鄉，總該留下最後目光，我想在地球完全失去蹤影前再見它一眼！」

巴比卡納爲了達成同伴心願，著手拆除炮彈底部的舷窗蓋，從這扇窗應可清楚直視地

---

1 佛雷德利．柏帝（Frédéric Petit, 1810-1865）：圖盧茲天文臺第一任臺長，一八四六年宣稱發現地球的第二顆衛星。

球。受發射衝力推往炮彈底部的圓形壁板被輕鬆拆下，各個零件則小心放置艙壁邊，以備不時之需。炮彈下方露出一扇直徑五十公分的圓窗，窗玻璃達十五公分厚，輔以銅架加強固定，底下再以螺栓鎖緊鋁板支撐。只需旋開螺帽、鬆開螺栓、卸下壁板，對外視線即不再受阻。

米歇勒．阿爾當跪在窗上，窗面漆黑，彷彿不透光般。

「好啦！」他大聲問，「地球呢？」

「地球，」巴比卡納回答，「在那兒。」

「什麼！」阿爾當說，「那條細如絲、月牙形狀的銀白物體嗎？」

「沒錯，米歇勒，四天後滿月時，我們抵達月球，地球也將進入新的週期，目前這副細月牙模樣就會消失，沒入深黑數日。」

「呦！地球！」米歇勒．阿爾當眺望薄片狀的故鄉跟著呼喚。

巴比卡納主席說得不錯，從炮彈的角度看過去，地球已進入星相最後一個階段，僅見其面積的八分之一，猶如夜空裡精心描繪的一牙彎月。它隔著厚厚的大氣層透出淡藍光芒，亮度遜於下弦月，體積卻大得多，宛若巨大弓弦懸掛天邊，凹面處幾個特別明亮的小點即爲高山，偶爾受濃密黑影遮蔽，這種情況倒不曾出現於月球表面，主要因地球周邊多了層層雲霧繚繞所致。

然而，由於地相與月相變化歷程相仿，故就算僅八分之一面積，仍可抓出地球完整輪廓，地球表面的灰光效應雖不如月球，依舊清晰可見。至於灰光較弱的原因也不難理解，月球灰光是經地球反射日光來的，如今正好相反，地球灰光是經月球反射日光而成，而兩星球體積相異，地球亮度又比月球強約十三倍，所以，地球昏暗的那面自然不比月球清楚，畢竟灰光強度與兩星球的亮度成正比。附帶一提，地球下弦期的弧面看似較球面長，純粹是光滲現象所致。

當三名旅客努力看清漆黑太空時，一束光彩奪目的流星群綻放眼前，百來顆火流星，與大氣摩擦後燃燒，在黑暗中劃出一道道光亮軌跡，火光條紋布上灰色球面。這段期間地球正位於近日點，十二月流星特別多，天文學家曾計算出每小時達兩萬四千顆。但米歇勒·阿爾當可不管什麼科學論述，一廂情願認爲是地球施放燦爛煙火，歡送自己的三位孩子。

總之，對這顆隱沒黑暗的星球，觀測就此結束。地球是太陽系的小行星，對大行星而言，只是朝起暮落的普通星球。儘管在太空裡如此渺小，它卻是裝滿三人情感的星體，絕非僅是爲時短暫的地牙。

三位友人心有靈犀，遙望目送，久久不發一語。炮彈持續遠離，速度等速下滑。突然，一陣睡意襲來，是身體累了？抑或精神疲倦？顯然，三人在地球上最後幾個小時過度緊繃，難怪有此反應。

「很好，」米歇勒說，「既然該睡了，就睡吧！」

三人躺上床墊，沉沉睡去。

但睡不到一刻鐘，巴比卡納倏地起身，以驚人的音量嚇醒同伴：

「找到了！」他扯著嗓門。

「找到什麼？」米歇勒·阿爾當跳下床問道。

「沒聽見哥倫比亞大炮聲的原因！」

「所以是……？」尼修勒問。

「因爲炮彈速度比音速快！」

第三章　安頓

這答案雖難以置信，卻完全正確，一經確認，三人再度倒頭大睡。還能上哪兒找如此靜謐平和的安眠之處？地球上，無論城市的房子或鄉村的茅屋，全免不了受地殼傳來的震動影響；海面上，波浪使船隻搖擺，多的是撞擊與晃動；即使空中的氣球，因不同的氣層，氣流密度各異，也會不停飄移。唯獨這台炮彈，漂浮之處完全真空、絕對寂靜，使訪客得以徹底休息。

因此，若非一陣意外聲響在十二月二日將近早上七點，也就是啟程後的第八個小時喚醒三位探險家，他們或許還要睡下去。

這聲響，顯然是狗吠聲。

「狗！是狗兒！」米歇勒．阿爾當直呼，隨即起身。

「牠們餓了。」尼修勒說。

「當然！」米歇勒答腔，「竟把牠們忘了！」

「狗跑哪兒去了？」巴比卡納問。

三人四處尋找，終於在沙發底下發現瑟縮一團的小動物，狗兒被啟程時的劇烈震動嚇呆了，一直躲在角落，直到餓了才吠叫出聲。

是可愛的黛安娜，狼狽驚慌，畏畏縮縮地從避難處探出頭，米歇勒·阿爾當不停柔聲軟語鼓勵。

「來呀！黛安娜，」他說，「來吧，女孩！獵犬史必記上你一筆！異教徒會將你獻與阿努比斯神為伴，基督徒則將你獻與聖徒洛克為友[1]！就算冥王替你塑立青銅像亦當之無愧，你如同那條朱庇特贈與美女歐蘿芭好換取一吻的狗狗！你的名聲將蓋過蒙塔基城及聖伯納山的英雄犬！被拋入太空天際的你，可望成為月球犬中的夏娃，身處高處的你，將驗證學者圖斯內爾[2]的言論：『起初，神創造人，見人弱小，於是給了狗！』出來吧，黛安娜！來這兒！」

不知是否聽著開心，黛安娜低聲嗚咽，慢慢爬出來。

「好！」巴比卡納開口，「見著夏娃，但亞當在哪兒？」

「亞當！」米歇勒答，「躲不了太遠的！一定在附近！得叫喚叫喚！衛星！來，衛星！」

亞當仍未現身，黛安娜又唧哼不停，三人確認牠沒受傷後，送上一塊美味餡餅，黛安娜才安靜下來。

衛星似乎失蹤了，找了半天，終於在炮彈上端的小隔間找到牠，難以形容的後座力將牠猛拋至此，可憐的小獸，傷勢嚴重，慘不忍睹。

「糟糕！」米歇勒道，「看來適應不良！」

三人小心翼翼抱下可憐的狗，牠撞上拱頂，頭破血流，撞擊力道之大，恐怕很難復原，他們讓狗好好躺在軟墊上，狗喘著氣。

「一定要把你治好，」米歇勒說，「我們擔保你活命，我寧可自己少條胳膊，也不願可憐的衛星缺了腳掌！」

他邊說邊餵了傷犬幾口水，渴壞的狗兒立刻大口喝下。

安頓好犬隻，三位旅人再度專心觀察地球與月球。地球依舊如灰白圓盤，底部一彎地牙，較前日狹長，但比起即將滿月的月亮，地球體積仍顯碩大。

---

1 阿努比斯（Anubis）：埃及神話中掌管死亡的神祇，以狗頭人身的形象聞名。
聖徒洛克（Saint Roch, 1348-1376）：法國聖人，照顧瘟疫病患期間自己也染上瘟疫，遂隱居山林，避免與外界接觸。傳說每天都會有一隻獵犬為他叼來麵包。洛克死後被尊為「狗的守護聖者」。

2 圖斯內爾（Alphonse Toussenel, 1803-1885）：法國自然學家、烏托邦社會主義者，知名仇英、反猶主義者。

「哎呀！」米歇勒．阿爾當說道，「眞氣咱們沒選地球『滿地』時出發，就是地球正對太陽的時候。」

「爲什麼？」尼修勒問。

「因爲光源換作日光，陸地及海洋將一覽無遺，經陽光投射，可見陸地明亮、海洋偏暗，如同某些世界地圖繪製的那般！但願能瞧瞧地球兩極，還沒人親眼目睹呢！」

「的確，」巴比卡納回應，「不過若逢滿地，等於月球正值新月，剛好受陽光照射，表示也看不見月亮。對我們來說，寧可看清目的地，而非出發地！」

「有道理，巴比卡納，」尼修勒船長答道，「而且，等抵達月球，月夜漫漫，咱們有的是時間從容觀看擠滿同胞的地球！」

「同胞！」米歇勒．阿爾當嚷著，「這會兒跟月球人一樣都不是同胞了！我們住的這枚炮彈，是個新世界，就我們三人！我是巴比卡納的同胞，巴比卡納是尼修勒的同胞，我們之外沒有別的人類，在徹底變身月球人那一刻前，我們就是這小宇宙的全部居民。」

「大約再過八十八小時。」船長回應。

「所以是？」米歇勒．阿爾當問。

「八點半到。」尼修勒答。

「很好，」米歇勒接話，「簡直找不出不立刻用餐的理由。」

說眞的，新星球的居民沒吃飯可活不了，他們的胃一樣逃不了飢餓法則折磨，米歇勒．阿爾當仗恃著法國血統，自命爲主廚，誰也不能跟他搶這重要職位。煤氣供應充足熱度烹煮食物，儲糧箱負責提供首場盛宴的食材。

首先端上的三杯美味湯品，是以熱水泡開珍貴的李比希食物塊[3]，成分取自彭巴草原上反芻動物的最佳部位，牛肉湯後接著幾片脫水牛排登場，鮮嫩多汁分毫不減，堪比英國咖啡館端出的菜餚，異想天開的米歇勒甚至堅稱是五分熟。

肉類後輪到罐頭蔬菜，可愛的米歇勒表示「比新鮮蔬菜還新鮮」，隨後還有幾杯茶及塗了奶油的美式麵包。茶飲甘甜順口，備受好評，如此上選茶葉，俄國皇帝送給三位旅人好幾箱。

最後，爲了讚頌這頓佳餚，阿爾當「不小心」從儲藏室翻出一瓶產自夜丘區的美酒，三位友人爲地球與其衛星有所連結而喝一杯。

大概是這勃艮第山坡釀造的香醇紅酒還不夠精采，連太陽也來湊熱鬧。此時炮彈已飛離地球投射的本影區，月球與地球運行軌道形成了某種角度，一道萬丈光芒直射炮彈底部圓面。

3 李比希（Justus von Liebig, 1803-1873）：德國化學家，有「肥料工業之父」之稱。創辦「李比希濃縮肉汁公司」，生產肉粉、脫水肉等即時營養食品。

太陽也來湊熱鬧

「太陽！」米歇勒．阿爾當高喊。

「沒錯，」巴比卡納應聲，「我就在等它。」

「不過，」米歇勒說，「地球投射的本影區會延伸超過月球嗎？」

「若不考慮大氣折射，陰影的確可延伸極遠，」巴比卡納說，「只是當陰影籠罩月球，表示太陽、地球、月球三星體的中心連成直線，交會形成滿月及日蝕，若我們出發時碰上月蝕，則全程擺脫不了陰暗，那就麻煩了！」

「爲什麼？」

「因爲，儘管炮彈在眞空漂浮，但藉由日照，可聚集光能及熱能，有助節省煤氣，怎麼看都省在刀口上。」

確實，由於日光，即使少了大氣層降溫及緩和亮度，炮彈仍然明亮暖和，彷彿從冬日驟轉夏日，上有月亮，下有太陽，光線充足。

「這兒天氣眞好。」尼修勒說。

「我想是的！」米歇勒．阿爾當直呼，「只要在這顆鋁星球鋪上一點植被，二十四小時內即可長出豌豆，就怕炮彈壁板熔化！」

「放心，可敬的朋友，」巴比卡納回答，「炮彈穿過大氣層時承受的溫度更高，我甚至不意外佛羅里達的觀眾會把它看成火流星。」

「不過馬斯通可能會以為我們烤焦了！」

「我也很驚訝沒被烤焦，」巴比卡納回應，「真沒料到有這種風險。」

「我倒是一直擔心。」尼修勒坦言。

「但你卻隻字未提，偉大的船長！」米歇勒．阿爾當緊握同伴的手大聲說。

巴比卡納著手整理環境，一副永不離開炮彈的模樣。還記得這節空中車廂底部面積為五十四平方英尺，至拱頂高度為十二英尺，內裝精巧，不見擁擠。旅程所需之設備與用品各置其位，留給三位旅客一定的活動空間，底部窗玻璃厚實，足以承受巨大重量而不受損。因此，巴比卡納和夥伴走起來像踩在堅固的地板上，唯陽光直照底部，由下照亮炮彈內部，產生許多獨特的光影效果。

他們開始檢查儲水箱及食物箱的狀況，兩者受惠於避震裝置，絲毫未損。存糧豐足，夠三位旅客吃一整年。巴比卡納已預先做好了萬一炮彈登陸月球寸草不生之處的萬全準備。至於水及五十加侖酒，只夠兩個月用度，但據天文學家近期觀測，月球表面貼覆厚厚一層高密度的氣壓，起碼深谷處是如此，應該不缺溪流水源，因此，無論前往月球途中或登陸停駐月球一年內，探險家都無須為飲食發愁。

其餘還有炮彈內部的空氣問題，這點也萬無一失，已備足兩個月份的氯酸鉀，供雷塞與賀尼奧發明的製氧機使用。過程需消耗部分煤氣，因為製氧原料須維溫四百度以上，但同樣不成問題，煤氣十分充足，而製氧機採自動運轉，偶爾巡視一下即可。如此高溫下，氯酸鉀將轉換成氯化鉀，釋出氧元素。那麼十八磅的氯酸鉀能產生多少氧氣呢？七磅，即炮彈內旅客的每日消耗量。

不過，單是更新氧氣還不夠，尚得回收呼出的碳酸。經過十二小時，炮彈內已充滿血液裡物質經氧氣燃燒後必產生的有毒氣體。尼修勒一見黛安娜呼吸困難，便知空氣品質不妙，原來碳酸因爲重量的關係，會下沉至炮彈底部，那不勒斯著名的「狗窟」也曾發生一樣的現象。可憐的黛安娜腦袋離地面近，自然先主人承受毒氣之苦。尼修勒船長趕緊危機處理，在炮彈底部放置數個盛裝氫氧化鉀的容器，攪動一會兒，此物質喜食碳酸，很快便吸收完全，淨化內部空氣。

接著開始清點儀器，除了一款小型溫度計的玻璃管碎裂，其餘溫度計與氣壓計都挺過撞擊，他們從軟盒內取出頂級精良的氣壓計，掛上其中一面壁板。當然，氣壓計僅適用於測量炮彈內部氣壓，及顯示空氣濕度，此刻指針於七百六十五至七百六十毫米之間擺動，意指「晴天」。

巴比卡納還帶了數件羅盤，同樣完好無缺，現階段指針失靈，也就是沒辦法定向，這不難理解，因爲炮彈與地球相距過遠，磁極無法驅動羅盤，但登上月球後，羅盤或許可探測到特殊現象，若能驗證地球的衛星與地球一般受磁力影響倒不失有趣。

另外還有測量月球山脈高度的測高器、測量太陽高度的六分儀及經緯儀，後者是專業大地測量儀器，用於測繪平面圖及測量地平線角度；最後是接近月球時派得上用場的望遠鏡。經仔細檢查，即使起程時撞擊力道猛烈，所有儀器功能依舊完好。

至於用品、鎬、鋤、尼修勒精心挑選的各項工具、一袋袋種子及米歇勒．阿爾當打算移植月球的灌木樹苗等，仍待在炮彈上層角落，不曾移位。上頭還有個類似閣樓的空間，被法國人恣意堆滿物品，沒人知道擺了什麼，這快活小子也不講，偶爾穿著釘鞋攀爬壁板進雜物間，自顧自地視察、收拾整理、快手伸進幾個神祕盒子翻找，五音不全地哼著法國老歌，增添許多歡樂氣息。

巴比卡納則關切火箭裝置的狀況，幸好並未受損。當炮彈越過月球引力中心點後，會受引力拉扯，降落月球表面，屆時須利用這些威力強大的重要裝備，放慢炮彈的下降速度。好在月球與地球質量相異，物體降落月球的速度比地球慢六倍。

檢查結果皆大歡喜，三人又回到兩側及底部窗口觀察太空。

景觀如舊，天際浩瀚，星斗滿天，繁星點點，澄澈奇幻的景致令天文學家為之瘋狂。一邊是太陽，如火光熊熊的爐口，球面明亮絢麗，無光暈環繞，黑夜為底更顯耀眼。另一側的月球反射太陽光芒，似乎就此靜止於星辰世界。還有一顆巨大黑點，鑲著半圈銀邊，彷彿給空中開了洞，那是地球。星團遍布，如大片雪花紛飛，細沙般的星塵自天頂到天底，旋繞成

阿爾當快手翻找

巨大光環，那是銀河，而太陽不過是銀河中第四大星。

眼前景致前所未見，筆墨難以形容，觀測者完全移不開視線，不知因此得到何等啟發，又喚起多少靈魂深層未知的情感！巴比卡納大受感動，開始撰寫旅遊日誌，以方正厚實的筆跡及一點商業包裝，詳實記錄從出發以來每小時的經歷。

同時，數理專家尼修勒回頭研究軌道公式，熟練地計算起數字。米歇勒·阿爾當找巴比卡納閒聊吃了閉門羹，尼修勒也對他來個相應不理，黛安娜又聽不懂他長篇大論；最後只得自問自答、四處晃蕩、自得其樂，時而俯身探窗，時而爬上炮彈頂端，嘴裡不住哼唱，他在這小宇宙裡重現法國人的浮躁與多話，還巴不得獲大家認同。

這天最後，這麼說不太對，應說過了十二小時後，如同地球白晝的時數，是以精心準備的豐盛晚餐作結。目前為止尚未發生任何動搖旅客們信心的意外，因此，他們在炮彈持續降速穿越天際之時，滿懷希望，抱著必勝心情，安然入睡。

第四章　來點代數吧

一夜無事。說眞的，這個「夜」字不太精確。對太陽而言，炮彈的方位始終未變，若從天文學的角度解釋，表示炮彈下半部維持白晝貌，上半部維持夜晚貌，因此當我們提及「日」、「夜」二字，其實是以地球上太陽升起落下的期間爲準。

三位旅人睡得十分安穩，儘管炮彈高速前進，感覺起來卻是絕對靜止，察覺不出行進太空的動靜。當物體於眞空環境移動，或遇周邊氣團隨之移動時，無論速度多快，人體都感受不到。地球每小時移動九萬公里，可是有誰發現？在前述情境下，運動與靜止帶來的感覺相同，對受體來說並無差別。當一物體處於靜止狀態，若無外力推動，將永遠保持靜止，而處於運動狀態，若未遇障礙阻擋，亦永不停歇，這種無差別感的運動或靜止，稱爲慣性。

因此，被關在炮彈內的巴比卡納及夥伴，自然認爲身處靜止環境，但即使他們在炮彈外，感覺也不會變。若非上方有顆越變越大的月球，他們恐怕會發誓自己浮在完全停滯的空間。

十二月三日清晨，旅客們被一陣突如其來的抖擻叫聲吵醒，車廂內竟傳出公雞鳴叫。米歇勒．阿爾當率先起身，隨即爬上炮彈頂端，將一只半開的箱子蓋好。

「安靜好嗎？」他嘀咕著，「這畜生差點壞了我的大事！」

這時尼修勒及巴比卡納也醒了。

「是公雞嗎？」巴比卡納開口。

「沒事！朋友，」米歇勒連忙應聲，「是我故意學農村調調叫你們起床！」說罷，立刻咕咕大叫，宏亮威武，好似眞正的雄雞鳴啼。

兩位美國人忍不住發笑。

「眞傳神。」尼修勒狐疑地望著同伴。

「對，」米歇勒回答，「我家鄉的玩笑，十足高盧風格，連上流階層也這麼模仿雞叫。」

接著話題一轉：「你知道我整晚想什麼嗎，巴比卡納？」

「不知道。」主席答道。

「想劍橋的朋友，你也看到我對數理一竅不通，根本猜不出天文臺那些學者如何算出炮彈從哥倫比亞到月球所需的初速。」

「應該說，」巴比卡納糾正，「到地球與月球引力互相平衡的中心點才對，炮彈走完約十分之九的路程，就會自當下位置，憑自身重量順勢降落月球。」

「即便如此，」米歇勒回應，「我還是要問，究竟如何計算初速？」

「再容易不過了。」巴比卡納表示。

「你知道算法？」米歇勒．阿爾當問。

「當然。就算天文臺沒有解決這難題，尼修勒和我也算得出來。」

「厲害，老巴比卡納，」米歇勒答腔，「即使把我從腳到頭劈開，我也解不開這題！」

「因爲你不懂代數。」巴比卡納淡淡地說。

「啊！算你厲害，你們這些X愛用者！自認說聲『代數』就解釋完畢。」

「米歇勒，」巴比卡納回應，「你認爲沒鐵鎚能打鐵、沒犁具能耕田嗎？」

「很難。」

「沒錯，代數如同鐵鎚與犁具，是工具，而且對懂得使用的人來說是很棒的工具。」

「當眞？」

「千眞萬確。」

「能瞧瞧您如何操作這項工具嗎？」

「如你所願。」

「可以告訴我車廂初速的算法嗎？」

「好，可敬的朋友，考量所有問題點後，包括地球中心至月球中心距離、地球半徑、地球質量、月球質量，透過簡單的公式，即可精算出炮彈所需初速。」

「公式寫來看看。」

「會的，不過，我暫不納入炮彈因月球及地球環繞太陽移動，故實際走的是弧線這項因子，用不著，先視兩星球爲靜止不動來計算就夠了。」

「爲什麼？」

「因爲積分學尚未發展到解決這類所謂的『三體問題』，但仍可試著找答案。」

「原來如此，」米歇勒·阿爾當語帶挖苦，「所以數學也無法下結論？」

「確實無法。」巴比卡納答道。

「好吧！或許月球人的積分學比你們更進步！對了，何謂積分學？」

「一種與微分算法相逆的計算方式。」巴比卡納認眞地答覆。

「多謝說明。」

「換句話說，透過積分，我們可算出微分裡的有限數。」

「至少這句聽得懂。」米歇勒擺出一副滿意至極的表情回應。

「現在，」巴比卡納表示，「來張紙，來支鉛筆，我盡量半小時內完成你要的公式。」

語畢，巴比卡納立刻全神投入，與此同時，尼修勒繼續觀測太空，讓另一位同伴去張羅餐點。

半小時不到，巴比卡納已抬起頭，遞給米歇勒·阿爾當一張寫滿代數符號的紙，其中有條通式：

$$\frac{1}{2}(v^2+v_0^2)=gr\left\{\frac{r}{x}-1+\frac{m'}{m}\left(\frac{r}{d-x}-\frac{r}{d-r}\right)\right\}$$

「什麼意思？」米歇勒問。

「意思是，」尼修勒答道，「v平方減v_0平方除以二，等於gr乘以x分之r減一，加m分之m'乘以d減x分之r減d減r分之r……」

「X在Y上面，又在Z上面，然後在P上面，」米歇勒．阿爾當放聲大笑，「這樣你能懂，船長？」

「再清楚不過了。」

「當然啦！」米歇勒接口，「一目了然，完全不必多問。」

「老愛開玩笑！」巴比卡納應道，「想學代數的是你，現在又嫌煩！」

「我寧願被吊起來！」

「坦白說，」尼修勒以專業的角度查驗公式後表示，「我覺得非常好，巴比卡納。這條積分方程式涵蓋多項動能，我相信可以藉此找到答案。」

「我眞的想弄懂！」米歇勒嚷著，「我拿尼修勒十年壽命來換對公式的了解。」

「那聽好，」巴比卡納答道，「算式 v平方減 v_0平方除以二，指動能的半變異。」

「很好，尼修勒知道什麼意思嗎？」

「當然，米歇勒，」船長答，「所有你覺得神祕難解的符號，在懂的人眼裡卻是最清楚、明確、符合邏輯的語言。」

「所以你認爲，尼修勒，」米歇勒問，「從這些比埃及鳥形文還難懂的字謎，能解讀炮彈所需初速？」

「無庸置疑，」尼修勒答，「我甚至能透過這條公式，告訴你炮彈在航線上任一點的速度。」

「你保證？」

「我保證。」

「所以，你和我們主席一樣聰明？」

「不，米歇勒，巴比卡納考量各項條件後求出這道方程式，才是最難的部分。剩下不過是計算問題，只要會四則運算即可。」

「太美好了！」米歇勒．阿爾當答腔，他這輩子加法從沒對過，因此視加法為「變化無窮的微型中國七巧板」。

巴比卡納卻表示，只要尼修勒願意，肯定也能想出這道公式。

「不知道，」尼修勒說，「因為我越研究這公式，越覺得是傑作。」

「現在，聽著，」巴比卡納對那位狀況外的同伴說，「我告訴你每個字母的意義。」

「洗耳恭聽。」米歇勒畢恭畢敬地答話。

「d，」巴比卡納說，「指地球中心到月球中心的距離，因為計算引力必須以中心為準。」

「這點我懂。」

「r指地球半徑。」

「r，半徑，沒問題。」

「m指地球質量，m'指月球質量。由於引力大小與質量成正比，所以必須考量兩個相互吸引的物體質量。」

「當然。」

「g代表重力，指物體墜落地球表面的秒速，還清楚嗎？」

「清楚明白！」米歇勒回應。

「現在，我以x代表炮彈與地球中心的距離變數，v代表炮彈在距離變數下的速度。」

「好。」

「最後，方程式中的v_0係指炮彈飛離大氣層時的速度。」

「實際上，」尼修勒表示，「我們已知初速正好等於飛離大氣層當下速度的一又二分之一，因此勢必得計算此時間點的速度。」

「不懂！」米歇勒出聲。

「但這很簡單。」巴比卡納說。

「對我沒那麼簡單。」米歇勒答道。

「也就是說當炮彈升達地球大氣層邊緣時，速度已較初速減慢三分之一。」

「那麼多？」

「是的，朋友，純粹因摩擦大氣層造成。你知道前進越快，受空氣阻力越大。」

「這我同意，」米歇勒回應，「也能理解，但你的v平方及v_0平方實在令人頭昏腦脹！」

「代數的主要功能就是讓人頭昏腦脹，」巴比卡納接著說，「現在，爲了解決你的問題，我們將已知數代入各項符號，實際計算數值。」

「不如解決我吧！」米歇勒回嘴。

「符號裡，」巴比卡納解釋，「部分是已知數，其他的可推算出來。」

「我負責計算。」尼修勒說。

「來看r，」巴比卡納繼續，「r指地球半徑，從佛羅里達啟程地點的緯度起算，等於六百三十七萬公尺。d指地球中心至月球中心的距離，相當於地球半徑的五十六倍，即爲……」

尼修勒正飛快計算。

「即爲，」他說，「三億五千六百七十二萬公尺，這是月球在近地點，也就是離地球最近時候的距離。」

「好，」巴比卡納說，「接著是m分之m'，即月球質量與地球質量比，爲一比八十一。」

「完美。」米歇勒開口。

「g是重力，佛羅里達的重力爲九．八一公尺，因此換算gr等於……」

「六千兩百四十二萬六千平方公尺。」尼修勒答。

「所以現在呢？」米歇勒．阿爾當問。

「現在符號代入數字，」巴比卡納回答，「即可算出v_0的速度，也就是炮彈飛離大氣層抵達引力平衡點的速度，應爲無速度狀態，既然當下會失去速度，故假設速度爲零，則x，即引力平衡點，將位於十分之九個d處，即兩引力來源中心點距離的十分之九。」

「我也隱約覺得如此。」米歇勒回應。

「因此可說：x等於十分之九個d，v等於0，公式變成……」

巴比卡納振筆疾書：

$$v_0^2 = 2gr\left\{1 - \frac{10r}{9d} - \frac{1}{81}\left(\frac{10r}{d} - \frac{r}{d-r}\right)\right\}$$

尼修勒迫不及待地看一眼。

「就是這樣！就是這樣！」他喊道。

「清楚嗎？」巴比卡納問。

「這是火烙的文字啊！」尼修勒回答。

「兩位可眞英勇！」米歇勒嘀咕著。

「如此總能懂了吧？」巴比卡納問。

「但願我懂！」米歇勒嚷著，「也表示我腦袋要炸開了！」

「因此，」巴比卡納接著說，「v_0平方等於兩個gr乘以一，減9d分之10r，減八十一分之一乘以d分之10r減d減r分之r。」

「現在，」尼修勒開口，「略加計算即能得出炮彈穿離大氣層當下的速度。」

善於動手解決難題的船長隨即以驚人的速度運算，寫下一長串的除式及乘式，數字如冰雹打上白紙，巴比卡納緊盯著船長，米歇勒·阿爾當則抱著發疼的腦袋。

「如何？」沉默數分鐘後，巴比卡納開口詢問。

「好，算完，」尼修勒答，「v_0，即炮彈穿離大氣層，抵達引力平衡點的速度是……」

「是？」巴比卡納追問。

「抵達瞬間速度爲一萬一千零五十一公尺。」

「但願我懂！」米歇勒嚷著：「也表示我腦袋要炸開了！」

「啊！」巴比卡納跳起來，「你說什麼？」

「一萬一千零五十一公尺。」

「該死！」主席絕望大喊。

「你怎麼了？」米歐勒．阿爾當驚問。

「我怎麼了？假如此刻速度因摩擦減少三分之一，初速應爲……」

「一萬六千五百七十六公尺！」尼修勒回答。

「劍橋天文臺曾表示初速只需一萬一千公尺，因此也設定炮彈以此速度離地。」

「所以呢？」尼修勒問。

「所以，初速不夠。」

「明白。」

「我們到不了中心點！」

「可惡！」

「甚至一半路程都走不完。」

「天殺的炮彈！」米歐勒．阿爾當跳起直呼，彷彿炮彈即刻要撞上地球似的。

「我們將墜落地球！」

第五章　寒冷太空

這消息眞是晴天霹靂，誰能預料竟發生這種計算失誤？巴比卡納不敢相信，尼修勒回頭檢視數字，數字無誤，至於公式已受驗證，正確性無庸置疑，全部核對後，爲飛抵引力中心點，初速顯然需達一萬六千五百七十六公尺才夠。

三人相對無語，無心用餐，滿腹疑問的巴比卡納咬牙切齒，眉頭深鎖，雙拳緊握，逕自望著窗外。尼修勒雙臂盤胸，繼續檢查算式；米歇勒．阿爾當則喃喃自語：

「多虧這些學者！成事不足！我願支付二十枚畢士度幣[1]，只求剛好摔落劍橋天文臺，一併壓碎臺內所有賣弄數字的傢伙。」

突然，船長心生一念，立刻告訴巴比卡納。

「嘿！」他說：「現在是早上七點，所以我們已走了三十二小時，超過一半路程，但據

---

1 畢士度幣（Pistole）：一種舊時法國金幣，含金量高。

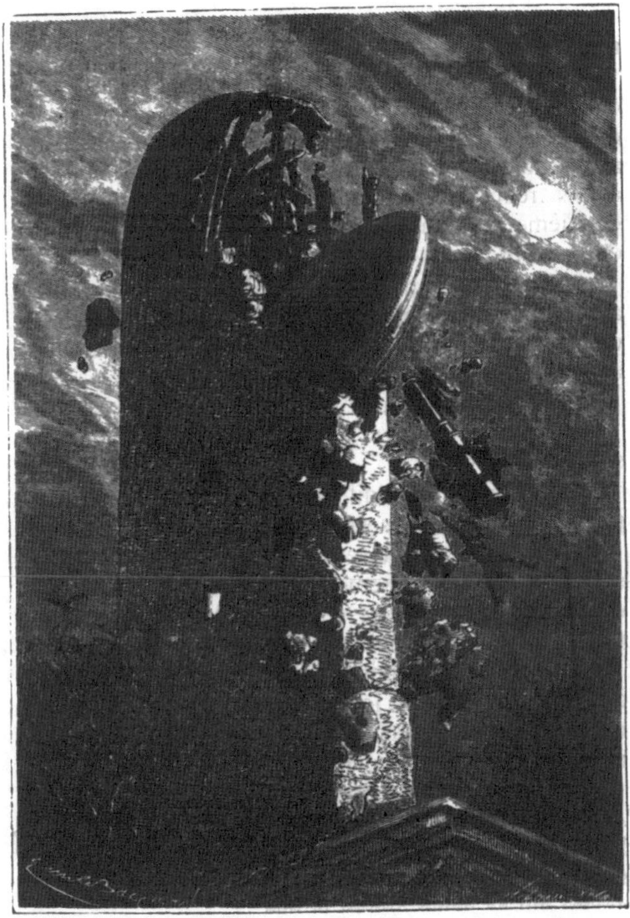

我願支付二十枚畢士度幣，只求剛好摔落劍橋天文臺

我所知，並未墜落！」

巴比卡納沒作聲，快速瞧了船長一眼，取出羅盤測量地球角度距離，接著，透過底窗進行精密觀測，發現炮彈明顯是靜止的；於是他起身，抹去額上沁出的汗珠，在紙上寫下幾個數字。尼修勒明白主席打算測量地球直徑，推算炮彈至地球的距離。他望著主席，坐立難安。

「不會！」過了一會兒，巴比卡納大喊，「不會，我們不會墜落！我們距離地球已超過五萬法里！若依炮彈原本設定的初速一萬一千公尺，理應至某點就會停止，但我們也越過那一點！持續上升！」

「可見，」尼修勒接話，「結論就是初速在四十萬磅火棉推進下，已大於原先要求的一萬一千公尺，如此也說明了為何我們只花十三分鐘，就遇到運行於地球兩千法里外的第二顆衛星。」

「極為可能，」巴比卡納補充，「因為易碎隔板間的水排出後，炮彈重量銳減。」

「沒錯！」尼修勒說。

「啊！英勇的尼修勒，」巴比卡納直呼，「咱們得救了！」

「好啦，」米歇勒·阿爾當冷靜下來說，「既然得救了，來吃飯吧！」

尼修勒的確沒弄錯，他們走了大運，初速較劍橋天文臺設定的高，但劍橋天文臺的數據確實錯了。

虛驚一場後，三位旅人坐上餐桌，愉快地用餐，因胃口大開，話也特別多，比「代數事件」前更有信心了。

「何以我們無法成功？」米歇勒・阿爾當頻頻表示，「何以我們抵達不了？咱們動身啟程，勢如破竹，絆腳石一掃而空。比起力搏大海的船隻、對抗狂風的氣球，這條太空路暢行無阻多了！何況，若船隻能駛抵終點，氣球能如願飛升，爲何炮彈達不到預定目標？」

「我們一定會到。」巴比卡納說。

「就當作爲了替美國人爭光，」米歇勒・阿爾當接話，「唯有此民族才有本事成就這番事業，唯有此民族能養成一位巴比卡納主席！啊！如今再不必提心吊膽，我倒想起咱們接下來的處境，恐怕窮極無聊！」

巴比卡納和尼修勒一臉不以爲然。

「但我有先見之明，朋友，」米歇勒・阿爾當繼續說，「兩位只顧著高談闊論，我卻幫你們準備了西洋棋、跳棋、紙牌、骨牌！就差一張撞球檯了！」

「什麼！」巴比卡納問，「你帶了這些玩意兒？」

「當然，」米歇勒回話，「不單供我們消遣娛樂，另有個值得嘉許的動機，就是贈與月球上的咖啡館。」

「朋友，」巴比卡納表示，「倘若月球有住人，居民勢必比地球人早出現幾千年，畢竟大家都相信該星球比地球古老，所以假設月球人已存在數千年，又假設大腦結構與人類相同，那我們已發明的，甚至幾世紀後才發明得出的東西，他們可能早發明了，完全用不著向我們學習，反而是我們處處得討教對方。」

「什麼！」米歇勒答腔，「你認爲他們有菲迪亞斯、米開朗基羅或拉斐爾這樣的藝術家？」

「對。」

「還有荷馬、維吉爾、密爾頓、拉馬丁、雨果這樣的詩人？」

「我確定。」

「也有如柏拉圖、亞里斯多德、笛卡兒、康德的哲學家？」

「無庸置疑。」

「及阿基米德、歐幾里得、巴斯卡、牛頓這類學者？」

「我發誓有。」

「連阿納爾之輩的戲劇家及像……像納達爾這種攝影師都有[2]？」

「肯定是的。」

「那麼，巴比卡納兄，如果月球人能力與我們相當，甚至更厲害，爲何不設法與地球聯繫？爲何不派台月球炮彈來地球區？」

「誰跟你說沒有？」巴比卡納正色道。

「實際上，」尼修勒接話，「他們運作起來還容易些，理由有二：首先，因爲月球表面引力僅地球表面的六分之一，炮彈更易升空。第二，他們將炮彈送到八千法里高處即可，而非八萬法里，僅需十分之一的噴射力。」

「所以，」米歇勒回應，「我還是一樣的問題：他們爲何不執行？」

「而我，」巴比卡納反駁，「也重申——誰跟你說沒有？」

「何時執行的？」

「數千年前，地球出現人類以前。」

「那炮彈呢？炮彈在哪兒？我只求看到炮彈！」

「朋友，」巴比卡納應道，「地球六分之五的面積受海洋覆蓋，因此，我們提出五大合理論述推測，若月球炮彈前來地球，現在應沉入大西洋或太平洋底，在地殼尚未完全封閉的時期，也或許埋藏於某道地溝。」

---

2 阿納爾（Étienne Arnal, 1794-1872）：法國知名喜劇演員。

納達爾（Nadar, 1820-1910）：早期法國攝影師，曾拍攝眾多名人像，包括作者儒勒．凡爾納。

「老巴比卡納，」米歇勒回話，「你對答如流，博學多聞令人折服，然而本人也找到最令我中意的假設，話說比我們老又比我們聰明的月球人，根本沒發明火藥！」

這時，黛安娜加入談話，大聲吠叫討吃來了。

「啊！」米歇勒．阿爾當說，「光顧著討論，竟把黛安娜及衛星給忘了！」

他立刻送上一大盤餡餅，狗兒狼吞虎嚥，吃個精光。

「你瞧，巴比卡納，」米歇勒說，「咱們該視炮彈爲諾亞方舟第二，把每種家畜各帶一對上月球的。」

「沒錯，」巴比卡納答，「但空間不夠。」

「可以的！」米歇勒表示，「擠一下不就得了！」

「其實，」尼修勒答道，「家牛、母牛、公牛、馬，在月球大陸上，任何反芻動物對我們都很有用，不幸的是，這車廂無法變成馬廄或牛棚。」

「但至少，」米歇勒．阿爾當說，「可以帶條驢子，小驢即可，這種牲口勇敢耐操，是老牧神西勒諾斯[3]最愛的坐騎！我也愛這些可憐的驢子！牠們是世上最不討喜的動物，不僅活的時候挨打，連死後也免不了一頓棍子！」

3 西勒諾斯（Silène）：希臘神話的森林之神，是酒神戴奧尼索斯的老師。

送上一大盤餡餅

「什麼意思？」巴比卡納問。

「哎喲！」米歇勒說，「因爲驢皮都給鋪成鼓面啦！」

這奇思怪想令巴比卡納和尼修勒忍俊不禁，直至他們的樂天朋友一聲驚呼才停下。他彎腰望向衛星的小窩，隨後起身表示：

「很好！衛星再也不會生病了。」

「啊！」尼修勒應聲。

「是，」米歇勒道，「牠死了。這下……」他語帶憐憫，「這下可麻煩了，可憐的黛安娜，恐怕你無法在月球區傳宗接代了！」

確實，悲慘的衛星傷重不治，一命嗚呼，死透了。米歇勒·阿爾當望向友人，不知所措。

「眼下有個問題，」巴比卡納開口，「狗屍不能留超過四十八小時。」

「當然不行，」尼修勒回答，「舷窗有鉸鏈固定，但我們可以放下鉸鏈，打開其中一扇窗，將屍體丟進太空。」

主席思索片刻後說：

「好，就這麼辦，不過防護措施務必滴水不漏。」

「爲什麼？」米歇勒問。

「理由有二，你很快就明白了，」巴比卡納答道，「第一，關乎炮彈內部空氣，只求流失的越少越好。」

「但空氣可以製造呀！」

「僅能製造部分，我們能再生的只有氧氣，好米歇勒，順帶一提，還得嚴密監控儀器，避免製造過多氧氣，因超量會導致嚴重的生理問題，另外，即使我們能製造氧氣，卻製造不出氮氣，這是一種導體，雖吸不進肺，卻得妥善保存。但舷窗一開，氮氣勢必快速溢漏。」

「喔！抓準時機將可憐的衛星丟出去就好。」米歇勒道。

「同意，不過動作要快。」

「第二個原因呢？」米歇勒問。

「第二個原因，不能讓外頭的酷寒空氣灌入炮彈，否則我們可能會活活凍死。」

「可是有太陽……」

「太陽使炮彈變熱是因炮彈吸收了陽光，但現在我們漂浮於真空，溫度無從改變，沒有空氣的地方，雖見光芒四散卻不具熱度，如同陽光直射不到之處，既黑又冷，所謂溫度，僅止於恆星輻射產生的溫度，萬一哪日陽光滅失，地球就得面臨外頭那種低溫。」

「這倒不必擔心。」尼修勒回應。

「誰知道？」米歇勒．阿爾當說，「再說，假定太陽始終未滅，難道地球就不會遠離太陽？」

「哇！」巴比卡納道，「米歇勒見解獨到！」

「嘿！」米歇勒回應，「一八六一年不就曾觀測到地球穿越彗星尾端？那麼假設彗星引力大於太陽，則地球運行軌道將改以流星爲中心，成爲其衛星，被牽引至遠處，致使陽光再也照射不到地球表面。」

「的確有此可能，」巴比卡納答，「不過，即使地球易位，結果應該沒你想的那樣可怕。」

「爲什麼？」

「因爲地球仍維持冷熱平衡。有人算過，若地球受一八六一年那顆彗星牽引至距太陽最遠處時，熱度只會是平常月球供應地球的十六倍，這種熱度對地球來說毫無感覺，即使拿最高倍透鏡聚光，也不會產生任何聚熱效應。」

「所以呢？」米歇勒問。

「聽我說完，」巴比卡納答，「有人還算出，在近日點，也就是距太陽最近處，地球承受熱度會等同夏季的兩萬八千倍；不過這個熱度可以玻璃化地球物質、氣化水分，並形成一圈厚厚的雲霧，降低過高的溫度。因此，遠日點的寒冷及近日點的炎熱得以抵銷，達到或許可忍受的均溫。」

「倒是太空溫度估算出來是幾度？」尼修勒問。

「過去，」巴比卡納回應，「大家都認為溫度極低，有人按溫度計測出的降溫幅度估算可能至零下數百萬度。直到米歇勒的同鄉、科學院知名學者傅立葉重建較合理的估值，據他所言，太空溫度不低於零下六十度。」

「喲！」米歇勒出聲。

「這與極區測得的溫度差不多，」巴比卡納答道，「像梅爾維爾島或里萊恩斯要塞大約測出攝氏零下五十六度。」

「還得證明傅立葉沒算錯。」尼修勒接話。「若我記憶無誤，另一位法國學者普雷特估算的太空溫度是零下一百六十度。我們可以立即驗證。」

「現在還不行，」巴比卡納回答，「因為陽光直射溫度計，溫度反而很高。等我們抵達月球，即可在月相更迭一輪的十五個夜晚期間，從容測試，因為這顆衛星在眞空中仍維持運行。」

「但你所謂的眞空是什麼？」米歇勒問，「絕對眞空嗎？」

「沒有空氣的絕對眞空。」

「絕對眞空裡，不具替代空氣的物質嗎？」

「有，乙太。」巴比卡納回答。

「啊！乙太是什麼？」

「乙太，朋友，是一種無法計量的原子聚合物，據分子物理學文獻所述，以該原子的體積對照它們之間彼此相隔的距離，遙遠程度堪比太空中的天體與天體，但距離實則小於三百萬分一之毫米。這種原子藉由每秒四百三十兆次的波幅震動產生光與熱，震幅僅四萬至六萬分之一。」

「十億再十億！」米歇勒．阿爾當直呼，「然後，又是誰測量、誰計算這些震波！以上，巴比卡納兄，學者光會拿數據嚇唬人，卻不知所云。」

「但總得提出數據……」

「不，用對比法最好，『一兆』聽起來很抽象，但比較後一清二楚。例如，你可以換個說法：天王星體積比地球大七十六倍、土星比地球大九百倍、木星比地球大一千三百倍、太陽比地球大一百三十萬倍，以下不贅述。我也特別偏好《雙倍列日人[4]》中的古老對比法，簡單、直覺——太陽等同直徑兩英尺的南瓜，木星是橘子、土星是蘋果、海王星是櫻桃、天王星是大櫻桃、地球是豌豆、金星是小豌豆、火星是大頭針、水星是芥菜種子；而婚神星、穀神星、灶神星及智神星全比作普通沙粒！大家至少聽得懂！」

米歇勒．阿爾當脫口數落完學者及他們動不動列出的許多兆後，三人著手埋葬衛星，其實就像水手把屍體投入海洋般扔進太空即可。

不過正如巴比卡納主席提醒的，空氣因活性使然，將會快速流進眞空，爲了盡可能減少空氣流失，動作必須迅速。他們小心轉下右側舷窗的螺栓，開啟約三十公分的開口，米歇勒滿懷歉意，準備將狗拋進太空。玻璃窗在強力槓桿支撐下，得以抗衡內部空氣施於炮彈壁板的壓力；窗口快速朝外，即「墓穴」的方向開啟，衛星隨即被拋出。全程只溢出一點點空氣，任務執行成功，這下巴比卡納再無須操心如何清除堆占車廂的廢棄物了。

4《雙倍列日人》（Double Liégeois）：十七世紀的科學年鑑刊物，由列日（今比利時列日市）天文學家馬修・藍斯堡（Mathieu Laensbergh）創辦。

衛星被拋了出去

第六章　問與答

十二月四日，三位旅人睡醒時，航行錶顯示爲地球時間早上五點，他們已旅行了五十四小時。就時間上來說，他們僅度過預計待在炮彈內時數的一半再加五小時四十分鐘，不過就旅程而論，他們已飛行完成十分之七。此特殊現象起因於炮彈持續等比降速。

再從底窗觀測地球，只見它成了一個黑點，沒入陽光之中，不見彎牙，亦不見灰光。明日午夜，正值滿月之際，地球應該也進入新地期。上頭的黑夜之星將離炮彈行進路線越來越近，直到於預定時刻相遇。黑暗蒼穹遍布點點星光，星體看似移動緩慢，然因所處距離十分遙遠，大小相對上並無改變。太陽及星星呈現的樣貌，與從地球上所見完全相同；至於月球，雖然看起來龐大，但因三位旅人望遠鏡倍數不夠，尚無法有效觀測月球表面，進而勘查其地形或地質概況。

因此，三人不停聊天消磨時間，談論最多的當然就是月球。各人提出自身所知，巴比卡納和尼修勒依舊一板一眼，米歇勒．阿爾當也總是天馬行空。炮彈的位置、方向、可能發生的意外、降落月球時該採取的防護措施等，多的是可推敲臆測的素材。

午餐時，米歇勒剛好問了一個關於炮彈的問題，而巴比卡納的答覆相當奇特，值得一提。

米歇勒想知道，假設炮彈在急遽初速推進下突然停止，將導致什麼結果。

「不過，」巴比卡納回應，「我不懂炮彈怎麼會突然停止。」

「只是假設。」米歇勒說。

「這假設不會成真，」實事求是的巴比卡納反駁，「除非失去推進力，即使如此，也是逐漸降速，不可能突然停止。」

「假定撞上太空中的某個物體。」

「什麼物體？」

「像我們之前遇到的龐大火流星。」

「那麼，」尼修勒開口，「炮彈會撞個粉碎，連我們一起。」

「更甚者，」巴比卡納答腔，「我們還會被活活燒死。」

「燒死！」米歇勒直呼，「老天！真可惜不能發生來看看。」

「你會看到的，」巴比卡納回答，「如今已知只要運動發生改變，即可產生熱能。像我們替水加熱，也就是增添其熱度的同時，等同增加水分子的運動。」

「瞧！」米歇勒說，「又是一個精妙的理論！」

「也是正確的理論，可敬的朋友，足以解釋所有熱學現象。熱不過是種分子運動，也就是物體粒子群一致性的振動。當我們緊拉剎車桿，火車立刻停止前進，但驅動火車的動能呢？其實已轉化爲熱能，導致剎車發熱，爲何我們得替輪軸上油？就是爲了避免過熱，因爲動能消失後會轉成熱能。懂了嗎？」

「懂得不得了！」米歇勒回答，「嘆爲觀止。所以，比方說，我跑了很久，滿身大汗，汗珠如豆，爲何我非得停下不可？很簡單，因爲我的動能都轉成熱能了！」

巴比卡納聽完米歇勒的妙喻，不禁露出微笑，隨後，繼續解釋理論：

「因此，」他說，「發生撞擊時，炮彈會像子彈擊中金屬板後燃燒墜落，動能同時轉成熱能，所以，我敢說若炮彈撞上火流星，將驟然失速，所產生之熱能可使炮彈瞬間蒸發。」

「那麼，」尼修勒問，「若是地球突然停止運行會如何？」

「地球將急速升溫，立即氣化。」

「好，」米歇勒道，「用這種方式終結世界，事情就簡單多了。」

「那萬一地球墜落太陽呢？」尼修勒說。

「根據計算，」巴比卡納回答，「如此撞擊產生的熱能，相當於一千六百個如地球大小的煤球共同產生的熱能。」

「關於太陽增加點溫度這事，」米歇勒．阿爾當接話，「天王星或海王星上的居民想必不會抱怨，因爲他們在自己星球簡直快冷死了。」

「因此，朋友們，」巴比卡納道，「凡運動突然停止必產生熱，按此理論可假定，太陽之所以能維持熱度，在於不斷有流星群墜落其表面。甚至有人算出……」

「接招吧！」米歇勒嘀咕道，「數字出馬了。」

「甚至有人算出，」巴比卡納不爲所動接著說，「每顆撞上太陽的火流星所生熱能，相當於四千個與其體積相同的煤塊可產生的熱度。」

「所以太陽熱度爲何？」米歇勒問。

「等於在太陽表面環覆二十七公里厚的煤層並燃燒後的溫度。」

「這樣的熱度表示……？」

「可在一小時內煮沸二十九兆立方公尺的水。」

「那諸位豈不被烤焦了？」米歇勒嚷著。

「不會，」巴比卡納回應，「因爲地球大氣層能吸收十分之四的太陽熱能，況且，地球攔截到的熱能僅占全部輻射源的二十億分之一。」

「怎麼看都完美無缺，」米歇勒答腔，「大氣層眞是有用的發明，不但供我們呼吸，還替我們擋下燒灼之苦。」

「是，」尼修勒說，「不幸的是，月球沒有大氣層。」

「哎喲！」向來信心十足的米歐勒回嘴，「如果月球有人，他們也得呼吸，萬一沒有，總還存有夠三人呼吸的氧氣，只是因重量關係，應該沉聚在谷底！頂多我們別往高山上爬！就這麼辦。」

語畢，米歐勒起身觀看明亮刺眼的月球去了。

「天啊！」他說，「上頭一定很熱。」

「還不提白晝長達三百六十小時呢！」尼修勒應道。

「反之，」巴比卡納表示，「黑夜也一樣長，又因輻射會釋放熱能，因此月球溫度只可能與太空相同。」

「多美妙的國度！」米歐勒說，「管他的！我等不及想去了！哎！親愛的夥伴，能把地球當月球豈非有趣？望著地球從月平線升起，各洲大陸的輪廓顯現，然後說：『那是美洲、這是歐洲；』再盯著地球沒入陽光！對了，巴比卡納，月球人也有日蝕、地蝕可看嗎？」

「有，日蝕，」巴比卡納回答，「即三顆星體中心位於一線且地球居中的時候，但僅限日環蝕，屆時地球將如屏幕般投影在太陽上，仍可見大部分太陽。」

「為何沒有日全蝕？」尼修勒問，「地球投射形成的本影區不是能延伸超出月球？」

「若不計地球大氣層折射因素，確實該有日全蝕，但若計算進去，就沒有了。因此，假設Δ'爲水平視差，p'爲視半徑……」

「哇！」米歐勒接口，「又是v_0平方的二分之一……！麻煩說白話文，代數先生！」

「好吧！說白點，」巴比卡納應道，「月球與地球的平均距離約地球半徑的六十倍，而本影區長度受折射影響，剩不到地球半徑的四十二倍，因此當發生日蝕，月球等同位於本影區外，別說太陽外緣的光線，連中心光源皆可見。」

「那麼，」米歐勒語帶嘲諷，「既然應該沒有日全蝕，又怎還有日蝕？」

「正因陽光先受折射影響趨弱，又穿透大氣層後，亮度更大幅減弱的關係！」

「論述滿分，」米歐勒答腔，「反正，等抵達月球即可見分曉。」

「現在，告訴我，巴比卡納，你相信月球從前是顆彗星嗎？」

「又是獨到見解！」

「是，」米歐勒大言不慚地表示，「我對這類問題是有些見解。」

「但這見解，可不是出自米歐勒。」尼修勒接話。

「好啊！是指我不過拾人牙慧囉！」

「沒錯，」尼修勒答，「根據古人論證，阿卡迪亞人聲稱其祖先在月球成爲地球衛星前，就住在地球了，部分學者因此視月球曾爲彗星，認爲月球是在某個時日運行離地球太近，才改受地球引力牽引。」

「這假設有哪裡正確的嗎？」

「完全沒有，」巴比卡納回答，「證據在於月球上不具任何彗星外圍必有的氣體痕跡。」

「但是，」尼修勒反問，「月球成爲地球衛星之前，難道不會在經過近日點時，因離太陽過近，導致氣體全數蒸發？」

「有可能，尼修勒兄，但可能性不大。」

「爲什麼？」

「因爲……坦白說，我也不知道。」

「啊！我們不知道的事能寫好幾本書啦！」米歇勒直呼。

「算啦！現在幾點了？」巴比卡納問。

「三點。」尼修勒答。

「時間就在我們這些學者的聊天中度過了！」米歇勒道，「說眞的，我覺得自己獲益良多！好似變成了一口深井！」

語畢，米歇勒爬上炮彈拱頂，表示要「更仔細觀測月球」。於此同時，兩位夥伴則從底窗觀察太空。未見什麼須留心之事。

後來米歇勒．阿爾當下來，貼近側邊舷窗一看，猛然驚呼。

「怎麼了？」巴比卡納問。

主席走近玻璃窗，發現外邊距炮彈數公尺處，漂著一扁平囊袋狀的物體，似乎與炮彈一樣靜止，顯見其正以相同的上升動力運行。

「這是什麼機器？」米歇勒・阿爾當連聲提問，「難道是太空裡某個粒子，被拉進炮彈的引力範圍中，準備一起去月球？」

「令人驚訝的是，」尼修勒道，「此物體重量顯然較炮彈輕上許多，竟能亦步亦趨，與我們保持平行！」

「尼修勒，」思索片刻後，巴比卡納回應，「我不清楚那是什麼，但全然明白爲何該物體始終跟在炮彈旁邊。」

「爲什麼？」

「因爲我們在眞空，親愛的船長，眞空中，任何重量或形狀的物體，其墜落與移動其實是同一回事，速度皆不變，唯有空氣阻力才可造成重力差異。當你將物體丟入眞空管，無論粉塵或鉛粒，墜落速度一樣快。同理可證，太空亦發生同樣效應。」

「十分正確，」尼修勒說，「所以任何丟出炮彈外的東西將一路跟隨我們上月球。」

「啊！我們眞蠢！」米歇勒嚷道。

「爲何這樣說？」巴比卡納問。

「因爲我們應該在炮彈內裝滿用得著的東西，書本、儀器、工具等，然後通通丟出去，這些東西自會跟隨後頭！我還想，爲何咱們不學這火流星在外溜達溜達？爲何咱們不從舷窗跳進太空？懸浮乙太空間不知有多享受，鳥兒飛翔還得拍打翅膀，遠不如咱們方便省事！」

「贊成，」巴比卡納說，「但如何呼吸？」

「偏就少了該死的空氣！」

「即使有空氣，米歇勒，你的密度比炮彈小，很快就會落後。」

「所以是惡性循環。」

「只得關在車廂了？」

「最糟的循環。」

「非得如此。」

「啊！」米歇勒慘叫一聲。

「怎麼回事？」尼修勒問。

「我懂了，我猜到外頭所謂的火流星是什麼了！並非跟隨我們的小行星！也不是什麼星球碎片。」

「不然是什麼？」巴比卡納問。

「是我們那條不幸的狗！黛安娜的老公！」

原來這萎縮變形、難以辨認的東西，是衛星的屍體，其扁平如一只洩氣的風笛，不停上升再上升。

衛星的屍體

第七章　酒醉時刻

於是，在種種特殊條件下，產生這奇特但合理、怪誕卻可解的現象，所有抛出炮彈的物體都將隨其軌跡一起前進、同步停止。這話題聊整晚也聊不完，加上隨著旅程漸抵終點，三名旅人越是興奮，期待意外、盼望奇景，以他們目前的心緒狀態，再不會爲任何事大驚小怪了。三人過剩的想像力搶先炮彈而行，甚至沒留意炮彈速度已明顯減慢，眼前的月球越來越大，彷彿伸手即可抓取。

隔天，十二月五日，才清晨五點，三人已起床，假如計算無誤，這天該是旅程最後一日。當晚凌晨，即十八小時後，正值滿月，也是他們抵達這輪明月之時；而自到達那一分鐘起，表示三人已完成這空前絕後的極限航程，因此他們一早便貼著布滿銀色月光的舷窗，發出自信愉悅的歡呼，朝黑夜星球問好。

月球在滿天星斗中步姿莊嚴，再前進幾度，應可達預定地點順利與炮彈在太空相會。巴比卡納根據自身觀測，估算可能登陸北半球，那兒多是遼闊平原，罕見高山，若月球氣層一如預料僅蓄積於低地，情況倒是有利。

「況且，」米歇勒．阿爾當表示，「降落平原比高山好，倘若月球人被放在歐洲白朗峰或亞洲喜馬拉雅山山巔，總不算眞正到達地球。」

「此外，」尼修勒補充，「平原地形才能使炮彈著陸後穩如泰山，相反的，若遇上山坡，恐如雪崩般滾落，除了松鼠，誰也別想全身而退，所以，一切都往好的方向發展。」

這項大膽的試驗看似成功在望，然而，巴比卡納心懸一念，只因不願同伴徒增煩惱，始終未說出口。

原來，炮彈朝月亮北半球前進，這證實行進路線已略有改變，按精算過的射程，炮彈理應被送至月球中心，若未到達，代表發生偏離，但造成偏離的原因爲何？巴比卡納毫無頭緒，因缺乏基準點，也無從確認偏離角度，只求偏離到最後仍能到達月球較易降落的的上半區就好了。

巴比卡納未向朋友吐露內心擔憂，只能頻繁觀測月球，盡可能探查炮彈方向是否不再改變，因爲萬一炮彈失準，偏離月球，衝向外太空就糟了。

此刻的月球不再像平滑的圓盤，開始具立體感，若太陽斜照，高山在光影投射下將清晰可見，令人目不轉睛的還有巨大的隕石坑凹洞，及廣闊平原上刻著的一道道不規則溝壑。但陽光強烈直射下，只見地形模糊扁平，僅能勉強辨識出那些使月球貌似人臉的大黑點。

「人臉，算是吧，」米歇勒．阿爾當說，「我倒眞替阿波羅可愛的妹妹抱不平，那可是張痲子臉！」

此時目的地已近在咫尺，三位旅人直望向新世界，想像力領著他們走逛未知之地，或攀上高峰、或爬下偌大圈谷谷底，行走四處，彷彿見著大部分受稀薄氣層掩蓋的遼闊海域，見著水流灌注高山，如敬獻貢品；又彷彿彎身探谷，期盼聽聞這孤寂眞空中始終保持沉默的星體發出聲音。

旅程最末一日留下許多刺激的回憶，也被鉅細靡遺記錄下來。隨著越近終點，三人越感焦慮莫名，若他們意識到速度已不夠，恐怕焦慮還得倍增。現在的速度顯然不足以送他們到目的地，屆時炮彈幾乎失重，若重量不斷減輕，等飛行到月球及地球引力相互抵消的界線時，一切可能灰飛煙滅，引發驚人效應。

不過，即使煩心事多，米歇勒．阿爾當仍不忘如常按時準備早餐。三人胃口大開，湯汁經煤氣加熱煮開，可口無比，罐頭肉品美味絕倫，再來幾杯法國美酒，爲早餐畫下句點。此時，米歇勒．阿爾當表示月球的葡萄園受豔陽高溫照射，釀出的酒應該香醇至極，前提是如果有葡萄園的話。總之，這位深謀遠慮的法國人絕不會忘記在行囊裡帶上幾棵他特別中意、珍貴的梅多克及科多爾葡萄植株。

雷塞與賀尼奧製氧機持續運轉，精確無誤，空氣狀態始終純淨，任何碳酸分子皆不敵氫氧化鉀。至於氧氣，如尼修勒船長所言：「鐵定品質一流。」炮彈內的空氣帶點水氣，可緩和乾燥，即使巴黎、倫敦、紐約等市區公寓及劇院，也絕不具備這樣的保健條件。

不過為了運轉正常，必須確保機器狀況良好，因此米歇勒．阿爾當每早得巡視氣流調節器、測試龍頭、以高溫計校準煤氣熱度。到目前為止，運轉一切順利，若再繼續關幾個月，三位旅人恐怕會像可敬的馬斯通祕書一樣發胖變形，最終如籠中雞般臃腫肥胖。

透過舷窗，巴比卡納望見亡命狗兒及各類炮彈釋出的東西，全都緊跟不放，黛安娜發現衛星的遺體後，發出悲鳴，那些漂浮物宛如落在實地上般動也不動。

「你們知道嗎，朋友，」米歇勒．阿爾當說，「若我們有人因啟程時的撞擊身亡，也只能克難土葬，依我看，應改稱『乙太葬』，畢竟外頭已換成乙太元素，而非土元素！瞧那流落太空的屍體，跟隨咱們，一路控訴，簡直惹人內疚！」

「太悲慘了。」尼修勒道。

「啊！」米歇勒又說，「我覺得不能出去散步才叫可惜，能漂浮耀眼的乙太空間，受純淨陽光浸潤包圍，多麼快意！若巴比卡納事先想到準備潛水裝備及氣瓶，我一定出去探險，站上炮彈頂端模仿噴火怪及駿鷹怪。」

「得了，我的老米歇勒，」巴比卡納回應，「你也演不了駿鷹怪太久，因為儘管穿上潛水服，你體內的空氣卻會膨脹，最後猶如炮彈，或好比飛太高的氣球般爆炸。所以用不著可

我要模仿噴火怪

惜，麻煩謹記——只要我們還漂浮眞空，就得嚴禁你出炮彈外忘情漫步！」

米歇勒．阿爾當某種程度上已被說服，他同意有困難，卻不認爲「辦不到」，他從來不說這三個字。

話題又轉到別處，一刻不歇，對三位好友來說，現在腦中思緒泉湧的情況，猶如早春暖陽下的枝葉叢生，只覺繁雜紛亂。

整個上午，三人問答閒聊，尼修勒提出某個無法立刻解決的問題：

「當然！」他說，「能登上月球很好，可是如何回去？」

另外兩人面面相覷，這項未來可能發生的難題可說是首度攤開來討論。

「你所指爲何，尼修勒？」巴比卡納鄭重反問。

「還沒到目的地，就問怎麼回去，」米歇勒插嘴，「我覺得不太恰當。」

「我提這事並非萌生退意，」尼修勒澄清，「恕我得再問一次——我們如何回去？」

「我不知道。」巴比卡納答道。

「我呢，」米歇勒說，「我要知道如何回去，就根本不來了。」

「這算什麼回答。」尼修勒直呼。

「我同意米歇勒的話，」巴比卡納表示，「還是得說，現在問這毫無用處，之後等我們認爲該回去了，再來想辦法。雖然少了哥倫比亞大炮，總還有炮彈本身。」

「前程似錦啊！一顆沒有槍的子彈！」

「槍，」巴比卡納回答，「可以製造。火藥，也做得出來！月球內陸應該不缺金屬、硝石及煤炭。況且，只要克服月球引力，行至八千法里之處，按照幾條重力定律，足以降落地球。」

「夠了，」米歇勒激動地說，「別再提回去的問題！討論過度了，關於聯繫地球老鄉的事並不難。」

「怎麼說？」

「靠噴發流星的月球火山。」

「好提議，米歇勒，」巴比卡納語帶肯定，「拉普拉斯曾算過，只要具我們大炮五倍以上的力度，即可從月球發射火流星至地球，而沒有一座火山的推進力比這還低的。」

「喲呼！」米歇勒叫道，「這下火流星成了快遞，還不花錢！咱們得好好嘲笑地球郵局一番！我倒想出……」

「想出什麼？」

「一條妙計！為何不在炮彈上繫條電線？就能與地球互通電報啦！」

「見鬼！」尼修勒反駁，「你當八萬六千法里長的電線不重嗎？」

「不重！把哥倫比亞大炮的火藥多加三倍，或四倍、五倍就行啦！」米歇勒嚷著，越講越大聲。

「只提一點，就能推翻你的計畫，」巴比卡納答，「地球自轉時，電線將如鐵鍊纏繞絞盤般纏繞地球，勢必也把我們拉回去。」

「合眾國三十九顆星在上！」米歇勒開口，「所以今日我盡想些窒礙難行的主意！簡直媲美可敬的馬斯通！但我認為，若我們沒回地球，馬斯通也能來找人！」

「對！他會來，」巴比卡納回應，「這位朋友正直勇敢。何況，再容易不過了吧？哥倫比亞大炮豈不一直埋在佛羅里達地底！難道還缺棉及硝酸製造火棉？難道月球不會再經過佛羅里達天頂？十八年後，月球不就又回今日的位置了？」

「是，」米歇勒搭話，「沒錯，馬斯通會來，還有我們的朋友艾爾費斯頓、布倫斯貝里，大炮俱樂部的成員都會同行，定能賓至如歸！以後，還會建造其他發射列車往返地球及月球！喲呼！馬斯通！」

哪怕高尚的馬斯通可能聽不到這向他致敬的歡呼，耳根子至少也發熱了。而此刻他又忙些什麼？自然是駐守洛磯山脈的朗斯峰觀測站，努力找尋繞行太空、不見蹤影的炮彈。如果

---

1 拉普拉斯（Pierre-Simon Laplace, 1749-1827）：法國天文學家、數學家，有「法國的牛頓」之稱。

他思念親愛的朋友，那麼應該相信朋友並未離棄他，同樣不忘在熱血沸騰中獻上最深的想念。

然而炮彈的旅客情緒爲何越來越激昂？三人喝酒向來節制，這點不用懷疑，那麼，該不會是因爲身處特殊環境，導致大腦神經異常？他們正在月球附近，僅差幾小時路程，月球是否有什麼神祕力量，足以影響神經系統？三人滿臉通紅，彷彿剛受爐火映照；呼吸加快，肺臟如鍛爐風箱運轉；目光炯炯似火，話聲出奇響亮，話語如香檳瓶塞因碳酸氣泡彈落般吐出嘴邊；肢體動作唐突逼人，還得找空間比手畫腳。而仔細留意會發現，他們根本沒察覺自己過度緊繃的精神狀態。

「現在，」尼修勒聲調急促，「既然不知能否從月球回去，那我想知道去那兒做什麼。」

「去做什麼？」巴比卡納像上道館練武般跺腳，答道：「我也不知道！」

「你不知道！」米歇勒一聲驚呼，在炮彈內引起巨大回音。

「對，我甚至想都沒想！」巴比卡納用相同的音量回敬。

「很好，我呀，我倒知道。」米歇勒答。

「說來聽聽。」尼修勒嚷著，語帶不耐。

「時機成熟就說。」米歇勒用力抓住同伴臂膀吼回去。

「現在就該是時機，」巴比卡納開口，雙眼冒火，作勢動手，「是你拉我們踏上可怕旅途，我們必須知道原因！」

「沒錯！」船長附和，「既然不了解目的地，那我想明白為何而去！」

「為何？」米歇勒跳腳直呼，大概跳了一公尺高，「為何？為了以美國之名占領月球！為了替合眾國添上第四十州！為了殖民月球區、開疆闢土、移民繁衍、傳播精湛的藝術、科學及工業技術！若月球人不如咱們文明，咱們就著手教化，若還沒建立合眾國，咱們就來建一個！」

「搞不好沒有月球人啊！」尼修勒回嘴，受莫名醉意的影響，他變得尖酸刻薄。

「誰說沒有月球人？」米歇勒大喝，語帶敵意。

「我！」尼修勒吼道。

「船長，」米歇勒說，「別再這樣蠻橫無禮，否則我一拳搗進你喉嚨！」

兩人簡直快撲向對方，原本沒來由的爭論竟演變成大打出手，巴比卡納趕緊縱身攔阻。

「住手，該死，」他邊說邊推開兩位同伴轉身冷靜，「即使沒有月球人，我們也過得下去。」

「沒錯，」米歇勒不再堅持己見，高聲道：「我們也過得下去。只要自己造些月球人即可！卑賤的月球人！」

「月球帝國是我們的。」尼修勒開口。

「是我們三人的，一起成立共和國！」

「我代表國會。」米歇勒高喊。

「我管參議院。」尼修勒也不干示弱。

「巴比卡納當總統。」米歇勒呼喊。

「國家不會任命總統！」巴比卡納回應。

「不然由國會任命，」米歇勒大聲表示，「既然我主導國會，一致通過任命你爲總統！」

「喲呼！喲呼！爲巴比卡納當上總統歡呼！」尼修勒高喊。

「嚇！嚇！嚇！」米歇勒．阿爾當扯嗓大叫。

接著，總統及參議院長唱起民謠〈洋基歌〉，歌聲嚇人，國會議長同聲高唱〈馬賽進行曲〉，慷慨激昂。

三人開始瘋狂跳舞，胡亂揮手踢腳，像瘋子般頓足，學筋骨鬆軟的小丑翻跟斗，黛安娜也加入舞陣，換牠狂吠嚎叫，跳上炮彈拱頂。突然，大家聽到奇怪的振翅聲及嘹亮的公雞啼聲，只見五六隻母雞亂飛，如發狂的蝙蝠撞上壁板……

隨後，三位旅伴的肺部因一股匪夷所思的力量受損，比喝醉酒還嚴重，灼熱的空氣使呼吸系統滾燙，終於倒臥炮彈底，動也不動。

三人開始瘋狂跳舞

第八章　七萬八千五百一十四法里之處

究竟怎麼回事？何以產生這種不尋常的醉意，造成嚴重的後果？原來是米歇勒犯了一個小疏失，多虧尼修勒及時補救。

三人昏迷不醒幾分鐘後，船長率先甦醒，恢復正常知覺。

儘管兩小時前剛吃完早餐，他卻感到飢餓難耐，彷彿數日未曾進食，全身上下，尤其是胃及大腦，仍處於極度興奮的狀態。

於是他起身向米歇勒再多要一些點心，但米歇勒昏迷不醒，並未回應。於是尼修勒決定自己準備幾杯茶潤喉，好吞下一打三明治。首先得來點火光，他很快劃了一根火柴。

硫磺發出的亮光之強，眼睛幾乎受不了，他很驚訝煤氣燈點燃的火光亮度竟與電燈相同。

尼修勒恍然大悟，強光、突發性生理失調、所有精神及情緒的過度興奮，他全弄懂了。

「是氧氣！」他叫道。

「是氧氣！」他叫道

他彎身查看空氣裝置，發現這種無色、無味、無臭的氣體正從龍頭傾瀉外漏，雖說不可或缺，但純氧對生物會造成嚴重傷害，米歇勒一時疏忽，製氧機的龍頭竟然大開！

尼修勒連忙阻斷氧氣流瀉，空氣裡的氧氣已達飽和，旅客們恐怕會死於火燒，而非窒息。

一小時後，氧氣量減少，肺功能恢復正常，三位朋友逐漸酒醒，不過尚得花些時間耗除氧氣，如同酒鬼需要時間代謝酒精一般。

米歇勒得知自己乃始作俑者後，並未特別驚慌，突如其來的醉酒事件打破旅程的單調，雖然因此說盡蠢話，幸好說得快，也忘得快。

「而且，」法國人樂道，「我不會因為聞點醉人氣味就生氣，你們知道的，朋友，應該成立擺滿氧氣儲藏槽的神奇機構，讓那些器官衰竭的人待個幾小時，立刻生龍活虎！如果會議室能灌滿這種英勇空氣，或劇院裡維持高劑量的氧氣，演員及觀眾將多麼興奮、熱情、激昂！甚至不限於特定族群，大可幫每個人充飽氧氣，如此可提振多少效率、增加多少活力啊！或許還能將弱小國改造成強大國，據我所知，咱們老歐洲就不只一國該接受氧氣治療以利健康！」

米歇勒滔滔不絕，令人懷疑氧氣龍頭是否還大開著沒關，倒是巴比卡納一句話，止住他一頭熱。

「當眞再好不過了，米歇勒兄，」他道，「但你能否解釋一下與我們同聲合唱的母雞是打哪兒來的？」

「母雞？」

「對。」

原來，大約半打的母雞外加一隻雄糾糾的公雞，正四處遊蕩，拍打翅膀，咯咯啼叫。

「哎呀！這些蠢貨！」米歇勒直嚷，「氧氣讓牠們造反啦！」

「但你要這些母雞做什麼？」巴比卡納問。

「當然是帶牠們適應月球啊！」

「那爲何藏起來？」

「只是個玩笑，敬愛的主席，可惜開不成了！本想瞞著你們，直接放牠們上月球大陸！嘿！不知你們目睹這群地球家禽啄食月球草原會多驚訝呀！」

「啊！鬼靈精！老是這麼鬼靈精！」巴比卡納應道，「用不著氧氣也很瘋狂！永遠像我們剛才受氧氣影響那般，瘋瘋癲癲的！」

「啊！有人承認咱們剛才不正經囉！」米歇勒回敬道。

思辨告一段落，三位友人開始收拾亂七八糟的炮彈，將母雞與公雞關回籠子，只是整理過程中，巴比卡納和友人明顯感受艙內環境起了新的變化。

自離開地球那刻起，各人體重、炮彈，及炮彈內其他物體的重量皆逐漸減輕。即便察覺不出炮彈變輕，終究能感受自身及其使用的用品或儀器重量改變。

不必說，一般天秤秤不出這類失重，因爲用來秤重的砝碼本身勢必也失重，但像彈簧秤，不受引力影響，就能正確測出失重值。

我們知道引力，或稱重力，與質量成正比、與距離平方成反比。據此結論，若太空中其他天體突然消失，只剩下地球，依牛頓定律，炮彈將按與地球距離等比減輕重量，但絕不會完全失重，因爲無論多遠都受地球引力牽引。

但現況是，撇除其他引力可視爲零的天體影響，炮彈隨時可能不再受重力法則約束。

事實上，炮彈航線落於地球及月球之間，離地球越遠，地球引力與距離平方成反比減弱，月球引力卻等比增強，故升至兩方引力抵銷之處時，炮彈理應完全失重。若月球質量與地球相當，則該處與兩天體的距離也應相當。即使將質量相異的因子考慮進去，亦可輕易算出該處位於航程五十二分之四十七的地方，換算數值，即離地球七萬八千五百一十四法里之處。

在此位置，物體本身不再受速度及位移原則影響，將永遠靜止不動，因兩天體引力相當，物體無法被拉向任何一方。

然而，若炮彈的推進力計算精確，則炮彈抵達該處時速度應爲零，並連同內部物件完全失重。

那麼，後續將如何發展？假設有三。
或許炮彈仍保留一定速度越過引力平衡點，接著因月球引力大於地球而降落月球。
或者速度不足，無法抵達引力平衡點，則因地球引力大於月球而墜落地球。
否則最後，速度雖可抵達引力平衡點，卻不夠越過，則永遠停留該處，形似穆罕默德陵墓，埋葬於天頂與天底間。
如此情勢，巴比卡納向旅伴清楚解釋三種結果，兩人對此事高度關切。不過，他們該如何得知炮彈已達距地球七萬八千五百一十四法里的中心點？
顯然只有當他們或炮彈內的物體不受重力法則支配時才能知道了。
到目前爲止，三位旅人雖然察覺重力越來越小，卻尚未遇見完全失重的實例。然而這日上午將近十一點，尼修勒失手掉了一個玻璃杯，結果玻璃杯沒落地，反而停在半空中。
「啊！」米歇勒·阿爾當驚呼，「這物理現象倒有點趣味！」
瞬間，各類物品、武器、瓶罐，全如失了氣力般，神奇地停在空中，連被米歇勒抱起放在空中的黛安娜也不例外，無須任何技法，即可重現魔術師卡斯通與侯貝·胡丹[1]表演的奇

1 侯貝·胡丹（Jean Eugène Robert-Houdin, 1805-1871）：法國魔術師，被視為「現代魔術之父」。

幻懸浮術，狗兒甚至沒發現自己正飄浮空中。

儘管三人明白科學上的道理，仍止不住心底的驚訝震撼，三位探險夥伴覺得自己進入某種奇妙境界——感覺不到一點體重，張開的胳膊不會垂落，頭在肩上晃動，雙腿踩不住地板，如同醉漢般失去平衡。奇幻文學作品中創造過失去身體的隱形人或失去影子的無影人，但此刻，現實生活裡，因兩道引力抵銷，竟使人量不出重量，甚至感覺不到自己的重量！

米歇勒突然隨意一躍，立刻離開地面，就像牟利羅[2]畫作〈天使的廚房〉中的修士懸浮空中一樣。

兩位朋友隨即跟進，三人聚集炮彈中央，組成一幅凌空奇景。

「誰能相信？這是眞的嗎？怎麼可能？」米歇勒嚷道，「不可能，但確實發生啦！啊！若拉斐爾瞧見我們這般，不知會在畫布上畫出怎樣的〈聖母升天圖〉啊！」

「升天不會持續太久的，」巴比卡納回應，「等炮彈穿越平衡點，我們就會被月球引力拉往月球。」

「那我們的腳得改站炮彈頂了。」米歇勒答。

「不，」巴比卡納說，「因炮彈重心極低，所以會慢慢翻轉過來。」

---

2 牟利羅（Bartolomé Esteban Murillo, 1617-1682）：西班牙巴洛克時期畫家，以宗教畫聞名。

啊！若拉斐爾瞧見我們

「這麼說，擺設不就全跟著從地板轉到屋頂！」

「放心，米歇勒，」尼修勒應道，「用不著怕翻轉，東西一件也不會動，炮彈將不知不覺地轉向。」

「其實，」巴比卡納接口，「炮彈穿越引力平衡點時，因底部相對較重，所以將與月球垂直，不過，也必須越過中心線才會發生。」

「越過中心線！」米歇勒叫道，「那咱們可得學水手穿越赤道一樣，舉杯慶祝啦！」

米歇勒略爲轉身靠近軟墊牆壁，取出酒瓶與酒杯，擺置同伴前方的「空中」位置，三人愉快乾杯，爲中心線歡呼三聲。

引力帶來的變化僅維持一小時，旅客們漸漸感覺自己又被拉向底部，巴比卡納甚至察覺炮彈錐頂略爲偏離原本駛向月球的路徑，底部逐漸轉向月球，月球引力終於戰勝地球引力。炮彈開始準備降落月球之初，秒速應該僅三分之一公釐，沒什麼感覺。但引力逐漸增強後，降速也會加快，炮彈將由底部領頭，錐頂朝地球，高速降落月球大陸，順利達成目標。現在，再無任何因素阻礙得了這項科學試驗邁向成功，尼修勒與米歇勒·阿爾當一同分享巴比卡納的喜悅。

接著，他們一一談起所有令人驚奇讚嘆的現象，尤其是重力定律抵銷那段經歷，永遠聊不完。米歇勒·阿爾當又興致勃勃地提出幾項純粹異想天開的結論。

「啊！可敬的朋友，」他扯著嗓門道，「若我們在地球也能擺脫重力，擺脫這條束縛的鎖鏈，將是多大的進步！猶如囚犯重獲自由，胳膊雙腿不再疲累。而且，倘若要飛上天，或只是簡短地停留空中，當眞需要超過人類肌力一百五十倍的力量，那麼只要引力消失，我們動個念頭就能升空了。」

「事實上，」尼修勒笑答，「若能像打麻醉藥消除疼痛般成功消除重力，當前社會的樣貌也將改變！」

「沒錯，」如此正合他意，米歇勒直呼，「消滅重力、終結負擔！所以，用不著升降機、起重機、絞盤、手柄及其他引擎裝置，都沒有存在理由了！」

「說得好，」巴比卡納回應，「但若少了重力，萬物無法連接，不僅你的帽子戴不上頭，可敬的米歇勒，貴府牆壁上的磚頭也得靠重量附著！唯有重力，才能令船隻停穩水面，甚至海水潮流均得靠地球引力保持平衡；最後，還有大氣層，缺少重力，分子就留不住，將會直接消散太空！」

「這倒惱人，」米歇勒答，「總有實事求是的人會突然拉你回現實。」

「但欣慰的是，米歇勒，」巴比卡納接著說，「儘管沒有星體可擺脫重力定律，至少你即將造訪之處，重力比地球小得多。」

「月球？」

「對，月球。物體於月球表面承受的重力小地球六倍，這方面可輕易觀察證實。」

「我們感覺得到？」

「當然，因爲兩百公克的物體在月球上只剩三十克。」

「那我們的肌力也會減低嗎？」

「完全不會，你原本跳一公尺高，現在可跳十八英尺高。」

「那咱們可成了月球上的海克力士啦！」米歇勒高聲道。

「再者，」尼修勒應道，「萬一月球人體型與他們星球大小成正比的話，差不多只有一英尺高。」

「小人國！」米歇勒脫口道，「那我飾演格列佛！我們讓巨人故事成眞啦！離開自家星球到太陽系遊覽就有這等好處！」

「慢著，米歇勒，」巴比卡納應聲，「你若想演格列佛，只能前往較小的行星，例如水星、金星或火星，它們質量都比地球小；可別犯險去大行星，像是木星、土星、天王星或海王星，因爲恐怕角色對調，換你變成小人了。」

「若去太陽呢？」

「太陽的話，其密度僅地球的四分之一，但體積龐大，是地球的一百三十二萬四千倍，引力較地球強二十七倍，相對而言，其居民平均身高應爲兩百英尺。」

「見鬼！」米歇勒嚷著，「那我豈不成了矮子族、侏儒了！」

「就像大人國裡的格列佛。」尼修勒說。

「正是如此！」巴比卡納附和。

「所以咱們帶上幾門大炮並非無益，至少拿來防衛。」

「好說！」巴比卡納回應，「你的炮彈在太陽上完全起不了作用，發射沒幾公尺高就落地了。」

「眞難纏！」

「眞是如此，」巴比卡納答，「這顆巨大星球的引力極強，地球上七十公斤重的物體，在太陽上是一千九百三十公斤，你的帽子會重達十二公斤！雪茄，重半磅。最後，假如降落太陽大陸，你的體重便是——兩千五百公斤左右，重到你站不起來。」

「可惡！」米歇勒開口，「看來得帶上一台小型升降機了！好吧，朋友，今兒個去去月球就好，至少在那兒我們是大塊頭！以後有需要再去太陽，屆時不拿絞盤把杯子吊到嘴邊還喝不到水呢！」

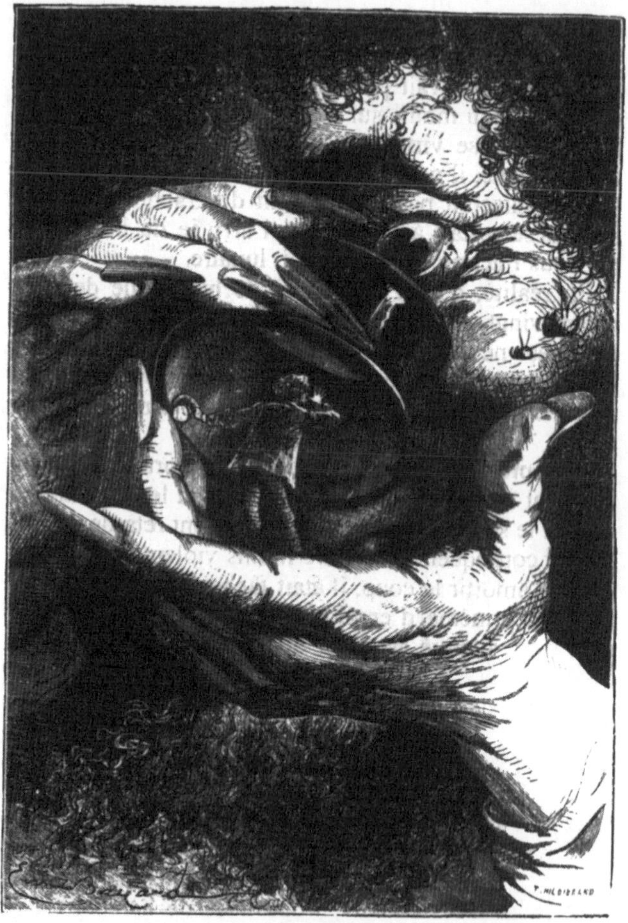

那我豈不成了矮子族！

第九章　軌道偏差之後

除了旅程的結束方式未明，至少巴比卡納不必再憂心炮彈的推進力，因爲單憑虛速即可越過中線，不會墜落地球，也不會停在引力平衡點不動，如今只剩一項假設尚待實現了——炮彈是否會受月球引力作用抵達目的地。

實際情況是他們將從八千兩百九十六法里高處降落星體，的確，此星體重力估計僅地球的六分之一，但降落風險仍鉅，爲免意外，做好防護措施刻不容緩。

防護辦法有二，其一是減緩炮彈觸及月球地面時的撞擊力道，另一種是拉長降落時間，待速度放緩再落地。

減緩降落撞擊力道這點的麻煩之處，在於巴比卡納無法套用啟程時的妙招，也就是以水爲彈簧，配合易碎隔板來有效緩和撞擊。此刻隔板雖在，卻沒有水，又不能挪用儲備水，畢竟珍貴的儲備水是要留給登上月球頭幾日，萬一月球缺水時使用的。

再說，儲備水確實也不夠多，難達彈簧之效。炮彈內的儲水層上方設有氣密板，水層面積五十四平方英尺，高度逾三英尺，出發時儲存了六立方公尺、五千七百五十公斤的水量，而目前剩下不到五分之一，因此不得不放棄這減緩降落撞擊力最有效的方法。

幸虧巴比卡納認爲光有水不夠，另在活動層板上添加強力緩衝彈簧墊，以利橫板碎裂後減緩底部撞擊力道。緩衝墊還在，只需重新安裝，再將活動層板歸位即可，這些部件組裝容易，因爲幾乎不具重量，裝置起來很快。

三人著手處理各項零件，輕而易舉，不過是幾個螺栓、螺帽罷了。加上工具齊備，沒多久，改造後的層板已裝妥厚實的緩衝墊，猶如桌子安裝桌腳。層板安置後唯一不便的是擋住了底部舷窗，因此當炮彈垂直下降時，旅客就無法從窗口探查月球。但是也只能將就，況且還是可從側窗觀看廣大月球區域，像地球上搭乘熱氣球望向地面那般。

裝置層板費時一個鐘頭，完成防護工程已過中午，巴比卡納再次檢視炮彈傾斜的狀況，他最怕翻轉角度不足，導致無法降落，目前他們似乎沿著一道與月球平行的弧線而行。這頭月球於太空閃耀，對面的太陽同樣火光熠熠。

看來還不能高枕無憂。

「咱們到得了嗎？」尼修勒開口。

「做好抵達的準備就對了。」巴比卡納回答。

「兩位這是杞人憂天，」米歇勒．阿爾當回嘴，「我們會到，可能比預期的還快抵達。」

這答案令巴比卡納回頭繼續前置作業，全力備妥用來減緩降落時間的機械裝置。還記得在佛羅里達坦帕城的大集會場合，當時尼修勒船長與兩人對立，他主張炮彈將如玻璃般摔個粉碎，米歇勒則回應可利用裝置恰當的火箭來拖慢降速。

實際上，前述威力強大的火箭乃是以炮彈底部為支撐點發射出去，產生的後座力可降低一定比例的炮彈速度。的確，火箭得在眞空中燃燒，但火箭本身即設計可自行製造氧氣，不餘匱乏；如同月球火山，從未因月球周圍氣層稀薄就停止爆發。

巴比卡納於是將火箭裝進可以旋入炮彈底的鋼製螺旋炮筒，炮筒置於炮彈內的部分則是與底板平行，另朝外突出半英尺，總共二十架。屆時可從底板預留的開口點燃各條引線，火箭就會在炮彈外部引爆。火藥混合物已事先壓進炮筒，只需取出嵌入底部的金屬活塞，對位依序旋入炮筒即可。

這項新增的工作將近三點才完成，防護措施全數就緒，現在能做的只剩等待。

炮彈明顯離月球越來越近，確實開始受月球一定程度的影響，再加上本身速度推動，航向有所偏斜。在兩股力量拉扯下，恐怕從斜線轉成切線，如此肯定無法正常降落，因為依重量而言，炮彈底部理應轉向月球才對。

巴比卡納見炮彈違背引力法則，倍感憂心，他碰上未知數——穿越星際而來的未知數——身爲學者，他自認已完整預見三種假設：返回地球、降落月球、停滯中線！如今突然冒出第四項假設，令人深感驚懼莫名！也唯有巴比卡納這般意志堅定的學者、沉著冷靜的尼修勒，或是勇敢的冒險家米歇勒．阿爾當才挺得住面對問題不發暈。

三人開始討論。換作別人，想必先從現實面切入，猜測炮彈車廂往何處去，但他們並未如此，反而試著找出成因。

「所以我們脫軌了嗎？」米歇勒．阿爾當問，「不過爲什麼呢？」

「我是擔心，」尼修勒答，「即便做足防護措施，結果哥倫比亞大炮沒瞄準，哪怕誤差再小，都可以把我們扔到月球引力圈外。」

「眞的沒瞄準嗎？」米歇勒又問。

「我倒不認爲，」巴比卡納應道，「大炮垂直角度精確，對準天頂方向，而月球行經天頂當下，我們理應抵達，應該另有原因，只是我暫無眉目。」

「難道我們來得太遲？」尼修勒問。

「太遲？」巴比卡納反問。

「對，」尼修勒回應，「劍橋天文臺信函寫道，全程耗時應爲九十七小時十三分二十秒，換句話說，太早到的話，月球尚未抵達預定地點；太晚到，它又離開了。」

「同意，」巴比卡納回答，「但我們動身時間是十二月一日晚上十點四十六分四十秒，應於五日午夜抵達，正值滿月。現在是十二月五日下午三點半，八個半小時送我們至目的地應該十分充裕，怎麼可能到不了？」

「難道是速度過快？」尼修勒答，「因爲如今我們已知初速比預設值大得多。」

「不！百分之百不可能！」巴比卡納反駁，「即使速度過快，只要炮彈方向正確，不可能到不了月球！絕不！方向應該有所偏差，我們偏離軌道了。」

「誰造成的？如何造成的？」尼修勒問。

「我說不上來。」巴比卡納回答。

「好吧，巴比卡納，」米歇勒接話，「你想知道我對探求偏離原因一事的看法嗎？」

「請說。」

「我連五毛美金都不願付來弄懂這件事！偏離已成事實，上哪兒去我無所謂！等著瞧就得了。見鬼！既然咱們被送上太空，總會落在某個引力中心！」

米歇勒．阿爾當的想法無可厚非，卻無法使巴比卡納舒心，他掛心的不是何去何從！而是爲何他的炮彈偏離航道——這才是他不計一切想明白的。

炮彈持續朝月球側邊移動，之前扔出艙外的東西同步隨行，巴比卡納還根據月球上幾處基準點，得知雙方距離不到兩千法里，炮彈速度卻不見變化，證明尚無降落跡象，推進力仍比月球引力強。不過，炮彈確實朝月球靠近，只求隨著距離越近，重力作用能占上風，以降落收場。

三位朋友無事可做，便繼續觀測，只是還無法確認月球的地形，在陽光照射下，地勢顯得模糊扁平。

他們就這麼透過側窗觀測，一直到晚上八點，眼前的月球已大到遮住半邊蒼穹，一邊是太陽，一邊是月球，炮彈浸潤於層層光芒之中。

此刻，巴比卡納估算他們距目的地僅餘七百法里，認為炮彈速度為每秒兩百公尺，換算時速約為一百七十法里。炮彈底部受向心力影響逐漸轉向月球，但仍由離心力主導，原本直線路徑可能轉為任一條無法掌握的曲線路徑。

巴比卡納不停尋找未解之題的答案。

幾個小時過去，仍無結論，炮彈明顯更近月球，卻也顯然始終抵達不了。儘管即將行經離月球最短距離處，這也不過是引力與反引力兩道力量相互拉扯造成的結果罷了。

「我只求一事，」米歇勒頻頻說著，「非得近到足以一探月球奧祕不可！」

「所以說該死的是，」尼修勒咒罵著，「害炮彈偏離的原因！」

「所以說該死的是，」巴比卡納靈光乍現，直言：「該死的是途中與我們交錯而過的火流星！」

「什麼！」米歇勒．阿爾當應聲。

「你的意思是？」尼修勒高聲問。

「我的意思是，」巴比卡納語氣堅定，「我是說唯一造成偏離的原因便是咱們遇上的那顆遊蕩星體！」

「但它也只是掠過罷了。」米歇勒表示。

「都一樣，它的體積較炮彈龐大，其引力足以改變我們的航向。」

「微乎其微吧！」尼修勒直呼。

「是，尼修勒，但即使微乎其微，」巴比卡納答道，「以八萬四千法里距離而言，讓我們錯失月球綽綽有餘了。」

第十章　月球觀測家

顯然巴比卡納已找出造成偏離唯一說得通的原因，儘管影響甚微，確實已改變炮彈航向。人算不如天算，這場大膽的試驗竟因始料未及、幾乎算不上特殊事件的狀況而失敗，終究無法抵達月球。那麼駛近月球時，能否近到足以解開部分物理或地理學上未解之謎？這是三位勇敢的旅客目前最關切的問題。至於自身命運，他們完全不願多花時間思索。但是，又該如何度過無盡的孤立無援，尤其是空氣即將用罄？再過幾天，他們將在這枚盲目飄蕩的炮彈裡窒息而死，然而，對三位不屈不撓的勇士來說，幾天好比幾世紀可用，他們會為了觀測這顆再無指望登陸的月球鞠躬盡瘁。

目前炮彈與月球距離預估約兩百法里，就觀測月球表面的清晰度而言，旅人們與月球的距離，感受上比地球持有高倍望遠鏡的民眾更遠些。

畢竟，眾所皆知，英國探險家約翰·羅斯架設於帕森斯頓城的望遠鏡，可將月球放大六千五百倍，拉近距離至十六法里，而架設於朗斯峰那台效能強大的望遠鏡，更能將月球放大

帕森斯頓城的望遠鏡

四萬八千倍，拉近距離至兩法里內，可看清任何直徑十公尺的物體。

因此以目前距離，少了望遠鏡顯然無法詳覽月球樣貌。肉眼僅能捕捉大致輪廓，像是概稱「海洋」的遼闊凹陷處，卻難以辨認其質性；至於突起的山脈又因太陽反光過強而看不清，宛如傾身直望一池熔銀，光照逼眼，令人忍不住撇頭避視。

此刻已可辨識月球為橢圓形體，如一顆巨大的雞蛋，較尖那端朝地球方向。其實月球初生成時形狀渾圓，是液狀或某種可塑性高的質地，但隨即被牽引至地球引力範圍內，在重力影響下逐漸拉長。成為衛星後，月球失去原始形狀，自身重力中心挪移至球體前端，依此形態，部分學者做出結論，認為月球上的水及空氣蘊藏於地球永遠看不見的另一面。

沒多久，完整的月球橢圓全貌已不復見，炮彈與月球間的距離正急速縮短，速度也明顯較初速放緩，但還是比行進中的特快列車快了八至九倍。儘管炮彈方向偏離，米歇勒．阿爾當仍抱持一絲希望，認為有機會降落月球某處。他無法相信到不了月球，不！他難以置信，口中更不時叨念。而公信力十足的巴比卡納則不停拿冷冰冰的推論答覆他：

「不，米歇勒，不。抵達的話也是墜毀，不可能安然降落。何況我們正受月球引力產生的向心力拉近，同時又被擋不住的離心力拖遠。」

那言詞口吻徹底斷絕米歇勒．阿爾當最後一點盼望。

炮彈逐漸接近月球的北半球，月面圖上，該處位於圖面下方，因為月面圖通常是按望遠鏡看到的景象繪製而成，而我們知道，透過望遠鏡所見物體，方向都是顛倒的。巴比卡納參閱的是由比爾及蒙德雷爾繪製的《月圖》[1]，圖上描繪北半球平原廣闊，孤峰崢嶸。

午夜，正值滿月，這一刻，若非那討厭的火流星擾亂航向，旅客們理應著陸。月球一如劍橋天文臺嚴謹精確的假設準時到位，分毫不差抵達近地點與北緯二十八度的天頂位置。若有人透過垂直地平線的哥倫比亞大炮底部瞄準觀測，必可自炮口見到整顆月球，大炮中心軸線恰好穿過這黑夜星體的中心。

不用說，十二月五日到六日，三位旅人片刻未休。如此貼近新世界，誰闔得上眼？當然不，他們滿腦子只想著：快看！三人自詡爲地球代表、前人與今人的代表，藉由他們的雙眼，人類得以親見月球領域，一探地球衛星的奧祕！感動襲上心頭，他們說不出話，只顧著從一道窗移往另一道窗。

觀測結果由巴比卡納彙整，留下詳實精確的記錄，三人除了藉望遠鏡探查，也利用月面圖查驗核對。

首位月球觀測家是伽利略，他的望遠鏡不夠先進，只能放大三十倍，但他是第一位，能

1 德國天文學家威廉・比爾（Wilhelm Beer, 1797-1850）與約翰・蒙德雷爾（Johann von Mädler, 1794-1874）在1834至1836年間合作繪製了第一幅精確的月面圖，又在1840年繪製出火星地圖。

在「如布滿眼睛的孔雀尾巴般」遍布黑點的月球表面上，成功辨識山脈及測出部分高度，且因此大膽認爲山地高度可達月球直徑的二十分之一，即八千八百公尺。然而伽利略並未繪製任何觀測圖。

數年後，但澤的天文學家赫維留斯[2]，依其觀測方法，每月僅上弦及下弦兩時期可測出正確數據，他下修伽利略的高度值爲月球直徑的二十六分之一，真可謂大逆轉，我們也該感謝這位學者，留下首張月面圖。在他的圖上，淺色圓點是環形山，深色斑點係指海洋，但實際上不過是平原。他以地球的地名替這些山脈與遼闊水域命名，標示出阿拉伯半島中部的西奈山、西西里島中央的埃特納火山、阿爾卑斯山、亞平寧山、喀爾巴阡山，還有地中海、亞速海、黑海、裡海。

但這些名字並不實用，因爲無論山脈或海洋，皆很難與地球同名山海的樣貌聯想在一起。唯獨南方那片白色大斑點，因大塊洲陸加上尾端峽角，才勉強認得出是倒置的印度半島、孟加拉半島及交趾支那區，所以也不再留用這些名稱。

另一位洞悉人性的製圖者則提出可滿足人類虛榮心、促人樂意使用的新命名法。這位觀測家是里喬利神父[3]，與赫維留斯同年代，他繪製的月面圖粗糙簡略且錯誤百出，但他替月球山脈取上古代偉人及當代學者的名字，反倒沿用至今。

第三幅月面圖出現在十七世紀，由多美尼科·卡西尼[4]所製，畫功優於里喬利神父，但比例不對，雖出了幾次縮小版，不過原本長期保存於皇家印刷局的銅版，最後竟被當成大型垃圾，秤斤賣掉了。

知名數學家及畫家拉海爾[5]則繪有四公尺高的月面圖，但從未交付刻版。

在他之後，約十八世紀中期，德國天文學家托比·梅爾仔細檢核月球相關數值後，終於出版一份完善的月面圖，但他於一七六二年過世，未竟全功。

接著是施羅特，利林塔爾市[6]人，曾繪製多張月面圖；還有德勒斯登城的洛爾曼[7]，他留下的版畫共分爲二十五個部分，只刻完了四個部分。

---

2 但澤（Dantzig）：位於波蘭北部、波羅的海沿岸的一個城市。
赫維留斯（Johannes Hevelius, 1611-1687）：波蘭天文學家，曾任但澤市長。
3 里喬利神父（Giovanni Battista Riccioli, 1598-1671）：義大利天文學家。
4 多美尼科・卡西尼（Giovanni Domenico Cassini, 1625-1712）：法藉義大利天文學家。
5 拉海爾（Philippe de La Hire, 1640-1718）：法國人，月球上有一座以他為名的拉海爾山。
6 施羅特（Johann Hieronymus Schroeter, 1745-1816）：德國天文學家。
利林塔爾市（Lilienthal）：德國不來梅州的城市。
7 德勒斯登（Dresden）：德國薩克森州的城市。
洛爾曼（Wilhelm Gotthelf Lohrmann, 1796-1840）：薩克森天文學家，月球上的洛爾曼隕石坑即以他為名。

至一八三〇年，比爾及蒙德雷爾兩位先生依正投影法，編製了著名的《月圖》，此圖精確描摹月球表面，但其所呈現的，僅中央的山脈及平原輪廓正確，其他地區，無論北或南面、東或西面的輪廓縮影，皆不比中央。這份月圖，高九十五公分，圖分四區，乃月球製圖學的傑作。

除了前述學者，值得一提的尚有德國天文學家朱利尤斯・施密特[8]的月球浮雕圖、賽西神父的月球地形研究、英國業餘愛好者瓦洪・德拉律的美麗照片，最後則是勒古杜希耶及夏普斯兩位先生的正投影圖，繪製於一八六〇年，爲線條分明且構圖清楚的優異範本。

以上便是各種關於月球世界的圖像明細，巴比卡納手上有其二，一爲比爾及蒙德雷爾那份，另外是夏普斯及勒古杜希耶那張。兩份圖使他的觀測工作事半功倍。

至於事先備妥的光學儀器，則是一台精良的航海望遠鏡，專爲這趟旅行打造，可放大物體一百倍，故可將月球及地球距離縮短至一千法里以內。然而，現在將近凌晨三點，他們距月球不超過一百二十公里，又沒有大氣層干擾，望遠鏡應可將月球表面拉近至一百五十公尺內。

8 朱利尤斯・施密特（Johann Friedrich Julius Schmidt, 1825-1884）於一八七八年完成了前述洛爾曼全部二十五部分的月面圖。

第十一章 幻想與現實

「你從未見過月亮?」曾有一名教授語帶諷刺地問學生。

「沒有,先生,」學生諷刺回去,「但我可聽過人談月亮。」

某種意義上,學生的玩笑話恐怕是多數受月光照拂的地球人寫照,多少人聽過月球,卻從未親睹……連透過鏡頭或望遠鏡都不曾!又有多少人甚至連自家衛星地圖都沒瞧過!

凡細究月球全景圖,必會先留意到一項特色。

月球的洲陸分布與地球及火星相反,特別偏據南半球,且邊緣線條不似南美洲、非洲與印度半島那麼分明、整齊,而是稜角紛陳、缺口密布,到處都是海灣及半島,錯綜複雜的地勢令人直覺聯想到地形嚴重分割四散的巽他群島[1]。若於月球表面航行,恐面臨前所未有的困難與危險,真同情月球上負責測繪曲折海岸的水利人員及不慎撞上險惡水岸的船員。

1 巽他群島:位於馬來群島,又分為大巽他群島和小巽他群島。

多少人聽過……

另外，也可發現月球南極的陸化程度較北極明顯，後者僅一小塊冰帽地，來自其他受遼闊大海分離的洲陸[2]。而南方，陸地幾乎覆蓋整個半球，月球人應該已插旗南極，反觀富蘭克林、羅斯、肯恩、杜蒙・杜菲爾、蘭伯特這些探險家還無緣登抵地球這塊未知之地。

至於島嶼，月球島嶼眾多，而且彷彿拿圓規量描的，幾乎都是橢圓形或圓形，聚集一片猶如群島，足以媲美散落希臘及亞細亞間，往昔神話賦與優美傳說的迷人島群。

凡想起納克索斯、泰內多斯、米羅、喀帕蘇斯等島嶼名稱，便不自覺想找找尤里西斯的軍艦或阿爾戈英雄們的風帆，至少，月面圖上的島嶼令米歇勒・阿爾當聯想起希臘群島；但在他比較沒想像力的朋友眼中，海岸樣貌頂多使其憶起地形分隔的新布藍茲維省及新斯科細亞省[3]。法國人會在這些地方留下神話英雄，美國人則爲商業利益及月球工業發展，尋找有利地點建立商行。

最後說明月球山岳形態，爲描述月球陸地畫下句點。我們可以清楚分辨山脈、孤山、圈谷、溝槽，這些類型包辦了月球所有高低起伏，其地勢極爲險峻，如無邊無際的瑞士，或是深成作用形成的綿延挪威。月球表面如此凹凸不平，乃因天體形成過程中地殼不斷收縮所

2（原註）當然，被我們稱為「海」的廣大區域，很可能從前覆滿水，如今只剩一大片平原。

3 新布藍茲維（Nouveau-Brunswick）與新斯科細亞（Nouvelle-Écosse）皆位於加拿大。

致，故其表面的資訊有助於重大地質現象的研究。按某些天文學家之見，月球表面雖比地球表面古老，但仍處新生期，原始山岳並未受水侵蝕，否則水侵蝕久了應可整平地勢；同時也未受空氣風化影響改變形貌，此處深成作用仍於初始階段，尚未因水成作用變易，因爲地球在沼澤及水流堆聚出沉積層前也是如此。

逛完遼闊洲陸後，下一個吸引目光的，是範圍更大的海洋區。除了形態、位置、樣貌令人聯想起地球的海洋，更與地球一樣，海洋占去月球最大面積。而這一滴水也沒有、呈平原狀的海洋，旅人們希望能趕快確定質性。

不可否認的，天文學家替這些所謂的海洋取了許多至少當今科學界公認奇怪的名字，米歇勒·阿爾當拿月面圖對照斯居黛里夫人或西哈諾·德·貝傑拉克繪製的「柔情地圖」[4]後，又提出一番道理。

「差別只在，」他開口道，「不再是十七世紀那種言情圖，而是實景圖，將月球清楚區分爲二，一爲陰，一爲陽，右半球歸女人，左半球則屬男人！」

米歇勒一邊說，一邊向兩位不解風情的同伴聳聳肩。巴比卡納和尼修勒看月球圖的角度與他們這位幻想豐富的朋友截然不同，然而幻想豐富的朋友所言是否無稽，倒見仁見智。

畢竟，左半球的「雲海」，不就等於人類理智經常陷溺之處？不遠處的「雨海」則由人類的煩惱供養，男人又在一旁的「風暴海」深淵，不斷與情緒搏鬥，且往往不敵情緒。而被失望、背叛、不忠及一系列塵世苦難弄得精疲力盡後，生命尾聲尋得什麼？是浩瀚的「情緒海」，藉著「露灣」的幾滴甘露終於略減痛苦！雲、雨、暴風、情緒，男人一生再如何，不都濃縮在這四個詞裡？

右半球則獻給女士，這兒的海洋面積較小，但意義深遠的海名蘊含了女性一輩子的際遇。少女俯視著「澄海」及投映美好未來的「夢湖」！還有輕漾柔情波浪，吹起愛戀微風的「酒海」！接著是「豐海」、「危海」，然後「汽海」，但範圍似乎都不大；最後面對寬闊「靜海」時，錯謬的熱情、無用的夢想、未竟的慾望全然消逝，隨著潮流緩緩注入「死湖」！

這一連串命名多麼古怪！將月球區分兩半球又是多麼獨特，如男女般結合，形成太空中

---

4 斯居黛里夫人（Madeleine de Scudéry, 1607-1701）：法國作家，「矯揉造作文學」（précieuses）的代表人物。

西哈諾・德・貝傑拉克（Cyrano de Bergerac, 1619-1655）：法國作家，其著作《月世界旅行記》（L'Histoire comique des États et Empires de la Lune）被視為科幻小說的先驅作品。台灣讀者較熟悉的應該是取材自他傳奇一生的法國電影《大鼻子情聖》。

柔情地圖（Carte de Tendre）：矯揉造作文學裡的虛構地圖，用象徵手法來描繪「柔情鄉」的地形，並藉此表示愛情主題。

的生命體！所以想像力過人的米歇勒如此詮釋昔日天文學家的幻想何錯之有？

只不過當他任想像馳騁海洋時，兩位嚴謹的同伴正以地理學觀點探究思考，全心投入了解新世界，已著手測量角度及直徑。

對巴比卡納和尼修勒而言，雲海不過是一處廣大的低窪地區，外加幾座環形山，占據南半球西邊大部分區域，面積達十八萬四千八百平方法里，中心位於南緯十五度暨西經二十度。風暴海，拉丁文稱風暴之洋，是月球表面最大的平原，面積是三十二萬八千三百平方法里，中心位於北緯十度暨東經四十五度，中央聳立著迷人光亮的克卜勒及阿里斯塔克斯山脈。

雲海北邊，相隔幾道高山山脈，即是雨海，拉丁文稱淋浴之海，中心點爲北緯三十五度暨東經二十度，形狀偏圓，涵蓋範圍達十九萬三千法里。不遠處即情緒海，拉丁文稱濕海，是個僅占四萬四千兩百法里的小盆地，位於南緯二十五度暨東經四十度。最後，此半球海岸尚有三處海灣：熱灣、露灣、虹灣，皆爲躋身高山間的小平原。

而「女性」半球，自然更加變幻莫測，差異在海洋面積小且數量繁多。北面有冷海，拉丁文稱寒海，居北緯五十五度暨經度零度，面積七萬六千平方法里，與死湖及夢湖相依；而澄海，拉丁文稱澄淨之海，位於北緯二十五度暨西經二十度，面積八萬六千平方法里；危海，拉丁文同爲危海，界線分明，圓形環狀，位處北緯十七度暨西經五十五度，面積四萬平方法里，像極了群山環繞的裡海。接著赤道一帶，北緯五度暨西經二十五度之處，即爲靜海，占地十二萬一千五百零九平方法里；此海又與南側的酒海相連，拉丁文稱蜜海，範圍有兩萬八千八百平方法里，居南緯十五度暨西經三十五度；往東則是豐海，拉丁文稱豐饒海，爲南半球最大，占據二十一萬九千三百平方法里，在南緯三度暨西經五十度處。最後，此半球極北與極南端又各有一海，北爲洪堡德海，拉丁文同，面積六千五百平方法里，南爲南海，拉丁文同，面積兩萬六千平方法里。

月球表面中央，一道海灣橫跨赤道與子午線間，名爲中央灣，拉丁文同，形如兩半島間的連字符號。

這便是地球衛星的可觀測面在尼修勒和巴比卡納眼中的模樣，他們將各項數據相加，得出這一面的總面積爲四百七十三萬八千一百六十平方法里，其中火山、山脈、圈谷、島嶼占據三百三十一萬七千六百平方法里，簡言之，即月球的固態部分；另外一百四十一萬零四百平方法里則爲海洋、湖泊、沼地，組成液態部分。而這些，可敬的米歇勒全然不在意。

看得出來，月球這一面半球僅地球半球的十三・五分之一大，但月球學家已找出超過五萬個火山口，是以表面凸隆、皺裂，活像一把漏勺。英國人給月球起了一個不太詩情畫意的稱號「green cheese」，意即「生乳酪」。

一聽巴比卡納提起這貶損失禮的名字，米歇勒・阿爾當不禁跳腳。

「好啊！」他叫嚷，「十九世紀的盎格魯．撒克遜人就是這麼對待美麗的黛安娜、金頭髮的芙蓓、可愛的伊希斯、迷人的阿斯塔蒂、黑夜女王、拉托娜[5]及朱庇特的女兒、光芒萬丈的阿波羅親妹呀！」

5 伊希斯（Isis）：古埃及神話的女神，手持蓮花寶杖，被奉為理想的母親和妻子。
阿斯塔蒂（Astarte）：古代腓尼基人信奉的女神，象徵豐饒與愛。
黑夜女王：指希臘羅馬神話第二代月亮女神塞勒涅（Séléné）
拉托娜（Latone）：希臘羅馬神話的黑暗女神，希臘名為莉托（Leto）。

好啊！就這麼對待……

第十二章　山岳詳情

先前提過炮彈正往月球北半球行進，若非遭遇無力回天的偏移，旅客們早該降落月球中心，但目前已經離很遠了。

現在是午夜十二點半，巴比卡納估計他們與月球相距一千四百公里，較月球半徑長一點，隨著持續朝北極前進，距離還會縮短。炮彈不僅來到了赤道，甚至還超過緯線十度，此緯度至北極這段區域，被仔細標註於月面圖上，是巴比卡納與兩位同伴觀測月球條件最佳的區段。

事實上，望遠鏡可讓一千四百公里縮短成十四公里，即三法里半。落磯山上的望遠鏡可視月球距離更短，卻因地球大氣層大大削弱光學效能，所以待在炮彈內的巴比卡納，隨便拿個小型望遠鏡，都能看清某些地球觀測者看不到的細節。

「朋友們，」主席鄭重表示，「我不知會上哪兒去，不知是否再回不了地球，然而，幹活吧！就當有朝一日這些努力對人類有所助益，拋開一切顧忌，我們是天文學家，炮彈等同於送上太空的劍橋天文臺工作室，只管觀測吧！」

語畢，他開始工作，精確至上，如實描繪炮彈與月球間不同距離所呈現的各種樣貌。

此刻炮彈抵達北緯十度的高度，似乎正好緊貼著東經二十度前進。

這邊得留意一項觀測圖的重點，由於望遠鏡看到的物體方向顛倒，因此月面圖裡，南方在圖面上端，北方在下端，以此類推，東方想當然爾位於圖面左邊，西方於右邊。實則不然，即使我們將圖面上下轉向，與肉眼直視方向相同，東方仍然在左、西方在右，與地球圖的東西方位相反。相反的原因在於，身處北半球的觀測者，例如歐洲好了，會看到月球出現於南方，所以是背對北方觀測，與他們看地圖的方向相反，又因背對北方，因此東方在他們左邊、西方在右。而身處南半球的觀測者，例如巴塔哥尼亞，月球西方自然在他們左邊，東方則在右邊，因爲他們是背對南方觀測。

以上才是東西兩方位反轉的主因，跟著巴比卡納主席觀測時，必得謹記在心。

三位旅客參考比爾及蒙德雷爾的《月圖》，得以立即辨識望遠鏡框內出現的是月球哪一部分。

「現在看到的是什麼？」米歇勒問。

「雲海北側區域，」巴比卡納答，「我們離太遠，無法判別質性，不知這些平原是否如早期天文學家主張的由乾沙組成？抑或如提出月球氣層稀薄卻質密的瓦洪・德拉律先生之見，不過是片廣闊森林？一會兒就知道了，沒把握的話別說。」

雲海範圍十分模糊，有人猜測這片廣大平原應布滿來自右側相鄰的托勒密、普巴赫、阿爾扎赫爾三座火山噴發的火山熔岩。而當炮彈朝前大幅駛近時，立見雲海北側邊緣圍繞層層山峰，眼前一座高山矗立，耀眼綺麗，山巓似隱沒太陽萬丈光芒間。

「這是……？」米歇勒問。

「哥白尼山。」巴比卡納道。

「瞧瞧這哥白尼山。」

此山位於北緯九度暨東經二十度，高度為月平面以上三千四百三十八公尺，從地球看來鮮明清楚，天文學家得以進行完整的研究，尤其是進入下弦至新月期間，那時山影朝西拉長，剛好能測量高度。

除了南半球的第谷山，哥白尼山形成月球表面最重要的輻射紋系統，獨自佇立於雲海鄰近風暴海之處，宛若大型燈塔，光輝燦爛，同時照亮兩片大海。綿延閃亮的輻射紋景觀無與倫比，滿月時光彩眩目，映照範圍超過北端山脈邊界，至雨海始減滅。地球時間凌晨一點，炮彈如漂浮太空的氣球，俯視著這座壯麗山岳。

巴比卡納已可看清主要山勢。哥白尼山屬一級環形山系、大型圈谷類，如睥睨風暴海的克卜勒山及阿里斯塔克斯山脈。哥白尼山有時像月球灰光間的亮點，被視為活火山，其實就跟月球這面所有的火山一樣，它不過是座死火山，火山口直徑約二十二法里。透過望遠鏡可見歷次火山噴發遺留的沉積物，四周遍布火山碎屑，火山口內也可找到一些。

「月球表面有幾種圈谷，」巴比卡納說，「顯而易見，哥白尼山屬於輻射狀型。若我們再靠近一點，還可見內部布滿前身爲噴火口的火山錐。月球表面有種特殊形態，圈谷內地勢皆明顯低於圈谷外平原，毫無例外，與地球的火山樣貌相反，因而依這些圈谷底部常見弧度所畫出的球體直徑，皆小於月球直徑。」

「爲何有此特殊形態？」尼修勒問。

「不知道。」巴比卡納回答。

「瞧這光芒散射多麼壯觀，」米歇勒讚不絕口，「很難想像咱們還能見到比這更美的景致！」

「萬一旅程意外來到南半球，」巴比卡納反問，「你又怎麼說？」

「喔，我會說那裡更美！」米歇勒回嘴。

此時，炮彈來到圈谷正上方，低頭即見哥白尼山的火山口壕溝繞出幾近完美的圓形，山壁陡峭醒目，甚至可辨識出第二圈圓溝，周圍是遼闊的灰白平原，荒蕪蕭索，隆起的部分呈現黃色。圈谷底部兩、三座火山錐突然閃出點點光芒，如珍藏珠寶箱中的碩大寶石，璀璨瑰麗。往北則山壁低陷，很可能是火山口的入口。

經過周邊平原上空時，巴比卡納標記了許多較不重要的山岳，其中包括一座名爲葛．呂薩克的小環形山，測量寬度爲二十三公里。往南出現一片極爲平坦的平原，全無凸隆及凹陷。反觀往北至鄰近風暴海之處，彷彿受暴風侵襲的水面，波濤洶湧，山巔及高地連綿起伏，宛如瞬間凝結的浪濤。遍布各處的輻射光紋，自四面八方匯集至哥白尼山頂，某些痕紋寬度爲三十公里，長度則無從估測。

旅客們討論起這奇特光紋的生成原因，卻無法比地球觀測者提出更多新解，也同樣沒辦法確認質性。

「到底爲什麼？」尼修勒開口，「難道這些光紋單純是山壁反射強烈陽光來的？」

「不，」巴比卡納應聲，「倘若如此，在月球某些狀態下，山脊處應會留下陰影，然而，此處並無陰影。」

事實上，光紋只在太陽正對月球期間才有，一旦陽光斜射就消失了。

「總有人想出如何解釋這些光紋吧？」米歇勒問，「因爲我不相信學者們從未找出答案！」

「有，」巴比卡納答道，「赫雪爾曾提出觀點，但不敢肯定。」

「無妨，觀點爲何？」

「他認爲光紋可能來自冷卻後的熔岩流，經陽光直射而反光，或許如此，可是無法確認。不過，若能經過第谷山附近，將更有利我們了解光紋由來。」

「你們可知，朋友，從我們這高度看這個平原像什麼嗎？」米歇勒道。

「不知道。」尼修勒答。

「我看這些拉長如紡錘狀的熔岩塊，活像挑竹棒遊戲放大版，竹棒給散落一地，只差拿勾棒逐一挑回。」

「麻煩正經一點！」巴比卡納表示。

「那就來正經一下！」米歇勒面不改色，「不提挑竹棒，不然像骨頭好了。那這片平原不過是大型骸骨場，安放過往千百代的亡者遺骨，你比較喜歡這個聳動的比喻？」

「半斤八兩。」巴比卡納回應。

「可惡！你真難伺候！」米歇勒答道。

「敬愛的朋友，」實事求是的巴比卡納接話，「現在我們連那是什麼都不知道，說它像什麼不太重要吧！」

「答得好，」米歇勒嚷著，「總算領教如何與學者辯論了！」

此刻，炮彈持續沿著月球表面前進，速度幾乎沒變。不難想像，旅客們完全不考慮稍事

1 威廉・赫雪爾（William Herschel, 1738-1822）：英國天文學家，一七八一年發現天王星。

這片平原不過是大型骸骨場

休息，眼底風光每分鐘都不同。近凌晨一點半時，三人曾見另一座山峰，巴比卡納查看月圖，認出是埃哈多斯泰納山。

此環形山高度爲四千五百公尺，乃月球眾多圈谷之一。關於這點，巴比卡納告訴他的朋友，克卜勒對圈谷成因的獨到見解。這位知名數學家聲稱，那些火山口狀的坑洞應該是由人手挖掘。」

「目的是什麼？」尼修勒問。

「目的顯而易見！」巴比卡納應道，「月球人大興土木，挖鑿巨坑，是爲了藏身其中，躲開那長達十五天的陽光直射。」

「月球人不笨嘛！」米歇勒說。

「想法很特別！」尼修勒表示，「但克卜勒多半不知道這些圈谷的眞實大小，因爲這得要巨人才挖得成，月球人根本辦不到！」

「爲什麼不，若月球表面重力僅地球的六分之一呢？」米歇勒問。

「萬一月球人只有我們六分之一高呢？」尼修勒反問。

「萬一沒有月球人呢？」巴比卡納補上一句，結束這個話題。

沒多久，埃哈多斯泰納山已隱沒天際，炮彈甚至來不及靠近詳細觀測，這座山是亞平寧山及喀爾巴阡山的分界線。

從月球山誌學裡可發現幾座山脈主要分布於北半球，但其實南半球也有。以下是山脈列表，從南到北，分別註明了緯度及主峰高度。

德費爾山	南緯84度	7603公尺
萊布尼茲山	南緯65度	7600公尺
後克山	南緯20至30度	1600公尺
阿爾泰山	南緯17至28度	4047公尺
科狄雷赫山	南緯10至20度	3898公尺
庇里牛斯山	南緯8至18度	3631公尺
烏拉山	南緯5至13度	838公尺
阿隆貝山	南緯4至10度	5847公尺
荷耶姆斯山	北緯8至21度	2021公尺
喀爾巴阡山	北緯15至19度	1939公尺
亞平寧山	北緯14至27度	5501公尺
托魯斯山	北緯21至28度	2746公尺
希斐山	北緯25至33度	4171公尺
海西山	北緯17至33度	1170公尺
高加索山	北緯32至41度	5567公尺
阿爾卑斯山	北緯42至49度	3617公尺

各山脈中最重要的當屬亞平寧山，綿亙一百五十法里，但仍不比地球幾次重大地質運動形成的山脈長。亞平寧山綿延雨海東側，直至北方長約一百法里的喀爾巴阡山。

亞平寧山的山峰位於西經十度至東經十六度，三位旅客僅能勉強望見，而喀爾巴阡山位於東經十八度至三十度，剛好在視線範圍，他們因此可記錄山景樣貌。

看過喀爾巴阡山分布四處的環狀山貌並俯視山巔後，他們覺得假設十分正確，認爲此山從前曾生成大量圈谷，部分環狀山區應受雨海噴發的大量熔岩流切割過。倘若月殼移動導致左側山壁陷落，延伸成山脈，以目前的山貌來看，喀爾巴阡山應由普巴赫、阿爾扎赫爾及托勒密等山的圈谷組成。山脈平均高度爲三千兩百公尺，與庇里牛斯山幾處高度相當，例如「松林」隘口。另，南方坡度則是朝雨海方向驟降。

將近清晨兩點，巴比卡納位於月球緯線二十度之處，不遠處有座小山，高一千五百五十九公尺，名爲皮第亞。炮彈距月球不到一千兩百公里，透過望遠鏡則縮短至三法里。

雨海映入三位旅客眼簾，如大型窪地，唯詳細景觀尚看不清。而炮彈左側附近，矗立著蘭伯特山，預估高度爲一千八百一十三公尺，再遠處，靠近風暴海邊緣，北緯二十三度暨東經二十九度，明亮的厄雷山閃閃發光，這座山僅一千八百一十五公尺高，卻是天文學家施羅特最重要的研究標的。這位學者嘗試找出月球山岳的生成原因，尋思是否火山口體積永遠與其形成的山壁體積相當（通常兩者互爲關聯）。施羅特的結論是，火山連續爆發會破壞這個關聯，而單次爆發產生的物質正好形成山壁。唯獨厄雷山不符這項法則，反而是多次連續爆發才形成山壁，因爲其火山口體積爲山壁兩倍。

對這三位地球觀測者來說，尚未充分利用器材設備，就已確認完既有的假設。但巴比卡納不因此滿足，直望著炮彈等速靠近月球表面，儘管無法登陸，他從未放棄這個想法——起碼得揭開月球形成的祕密。

第十三章　月球風光

凌晨兩點半，炮彈來到月球緯線三十度附近，與月球實際相距一千公里，透過光學儀器觀看則縮短至十公里。眼下似乎再無降落月表任何一處的可能，炮彈移動速度相對減慢許多，這點令巴比卡納主席大惑不解，因爲現在這個距離欲抵抗月球拉力，只有速度極快才辦得到。此現象暫時無解，何況，也無暇探究原因，旅客們忙著看月面起伏更迭，景象轉瞬即逝，三人可不願錯失任何細節。

望遠鏡裡的月球在兩法里半遠處，若地球飛行員被送上離地球一樣遠的高空，他能看到什麼？無法回答，因爲當前升空高度最高不超過八千公尺。

倒是巴比卡納及友人於此高度的所見所聞已詳實記載如下。

月球表面有許多大面積的色塊，顏色各異，月球學家對這些色彩質性莫衷一是，只知道顏色多樣且對比鮮明。朱利尤斯·施密特相信，即使抽乾地球海水，月球觀測者也不可能自地球海洋與洲陸間，察見如地球觀測者從月球所見如此多彩醒目的色調。他認爲，月球上那此已知、名爲「海」的遼闊平原皆呈現略帶棕綠的暗灰色，幾座大型火山口也是如此。

這位德國月球學家的見解，巴比卡納並不陌生，比爾及蒙德雷爾兩位先生也如此認爲。而實地觀測後，巴比卡納他們更有充分理由推翻部分天文學家所稱月球表面僅存灰色的論點。某些區域擁有搶眼的綠色，依朱利尤斯．施密特之見，澄海及情緒海便是如此。巴比卡納還留意到許多內部未形成火山錐的大火山口，呈現類似鋼板初磨亮時反射的淡藍光。前述種種確實爲月球表面本身的顏色，而不像某些天文學家主張，因望遠鏡鏡頭功能有限，或地球大氣層干擾造成，這點巴比卡納確信無疑，因光學儀器透過眞空觀測不可能發生誤差，故月球表面色彩各異是可受科學認證的事實，唯有一點，即是否因爲質密、量稀的氣層養出熱帶植物，才出現綠色？他還無法斷定。

他留意到稍遠處有一抹淡紅，十分顯眼，同樣的色澤在利希滕貝格圈谷一處孤立山壁內側底部也曾發現，就在月球邊緣的海西山脈附近。但依然判別不了質性。

再換研究月表另一特殊現象，仍不走運，因爲照樣提不出確切原因。這個現象是這樣的：當時米歇勒．阿爾當正在主席身旁觀測，突然發現眾多白色長線，陽光直射下分外明亮，這一連串亮紋互爲平行，與先前哥白尼山的光痕截然不同。

按米歇勒的性子，自然不免驚呼：

「瞧！耕地！」

「耕地？」尼修勒聳聳肩回應。

「至少是犁溝，」米歇勒．阿爾當應聲，「月球農夫還眞了不起，得爲多巨大的牛套上牛軛犁具，才挖得出這些深溝！」

「那不是犁溝，」巴比卡納開口，「那叫溝槽。」

「溝槽就溝槽，」米歇勒畢恭畢敬，又問，「不過，科學界所謂的溝槽又是什麼？」

巴比卡納隨即將自身對月球溝槽的了解告訴夥伴。據他所知，這些溝槽通常出現於山區以外的地方，多半單獨一道，長四到五法里，寬一千至一千五百公尺不等，邊緣總是平行。但他也只知道這些，成因與質性全無所悉。

巴比卡納舉起望遠鏡，深入觀察這些溝槽，發現溝槽壁是非常陡峭的斜坡，壁面平行綿長，把這些長線想像成月球工程師興建的防禦工事也不爲過。

這許多溝槽，有些如墨斗線般筆直，有些雖略爲彎曲，雙邊仍維持平行；部分交錯，部分則切過火山口；這頭的溝槽劃穿尋常山坑，如波希多尼山或貝達維尤斯山，那頭的則於海面留下刻痕，如澄海。

如此天然地形必然激發地球天文學家的想像力，早期的觀測者未曾發覺這些溝槽，赫維留斯、卡西尼、拉海爾、赫雪爾似乎都不知其存在。一七八九年，施羅特指出這些溝槽現象，才首度引起學者注意，後續投入研究的尚有帕斯托爾夫[1]、顧魯特伊森、比爾及蒙德雷

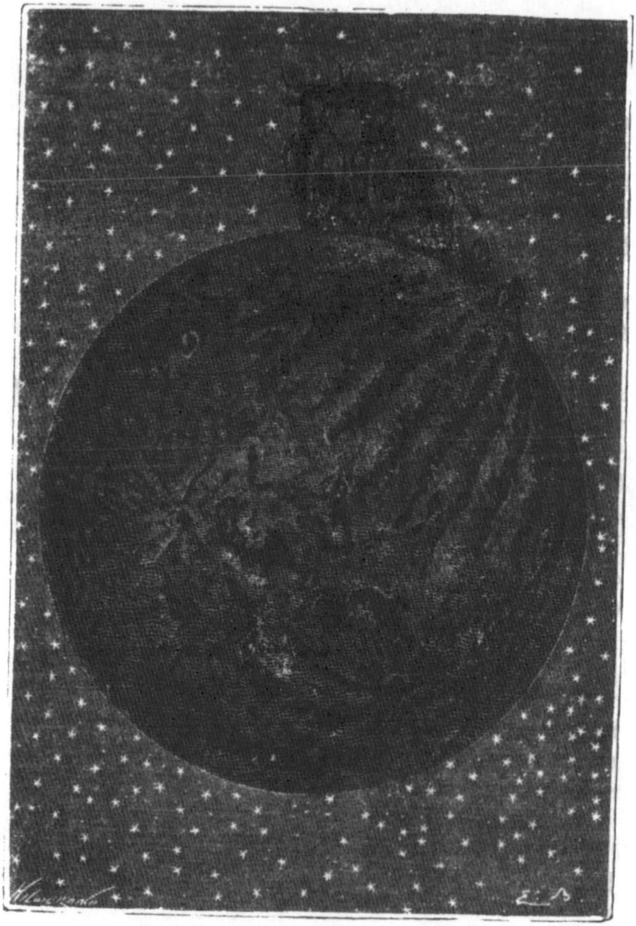

多巨大的牛！

爾等人。目前已知溝槽數量達七十條，但即使統計出數量，質性仍無定論。這絕非防禦工事，更非乾涸的古河床，一方面因爲月球表面的水很輕，無力挖鑿出這樣的溝道，另一方面，這些溝槽切穿的火山口也太高了。

然而，不得不承認米歇勒．阿爾當對此情景提出的觀點，確實與朱利尤斯．施密特的不謀而合。

「爲什麼這些無解的景觀，」他說，「不能只是單純的植物現象？」

「何出此言？」巴比卡納隨即反問。

「別動怒，可敬的主席，」米歇勒道，「這些狀如壕溝的深色線條難道不可能是依序成列栽植的樹木？」

「所以你仍堅持植物說？」巴比卡納表示。

「我堅持的是，」米歇勒．阿爾當回應，「解釋你們這些學者解釋不出的！我的假設至少利於說明溝槽週期性消失或疑似消失的原因。」

「所以是什麼原因？」

---

1 帕斯托爾夫（Johann Wilhelm Pastorff, 1767-1838）：德國天文學家，對比爾及蒙德雷爾影響甚深。

「因爲樹上葉子掉光，所以看不到，等葉子長回來，又能看到了。」

「見解甚妙，親愛的夥伴，」巴比卡納回答，「卻不成立。」

「爲什麼？」

「因爲月球表面可說不具季節變化，所以不可能發生你所謂的植物現象。」

事實上，月球軸線斜度很小，從每條緯度看過去，太陽幾乎位於同一高度。在赤道區，太陽總是盤據天頂，而在兩極區，則從未升上地平線。所以，按地區不同，分別呈現永冬、永春、永夏或永秋；木星也是如此，因爲木星軸線與其軌道斜度也不大。

那麼溝槽成因爲何？此題難解，但一定是在火山口及圈谷形成後才出現的，因爲數條溝槽都是直切過環形山壁。故溝槽可能生成於地質時代末期，只能歸因自然膨脹所致。

此刻，炮彈來到月球緯線四十度，與月球相距應不超過八百公里，望遠鏡視野所見之物彷彿僅隔兩法里遠。這個位置，赫利孔山正好矗立在他們腳下，山高五百五十公尺，左側一處小山環繞，覆蓋到小部分雨海的地方，名爲虹灣。

地球大氣層必須再透明一百七十倍，天文學家才能完整觀測月球表面，但炮彈正漂浮於眞空，觀測者眼睛與被觀測物之間不存在任何氣流，巴比卡納更身處所有高倍望遠鏡都不曾到達的距離，包括約翰·羅斯或洛磯山脈上的望遠鏡皆然，因此他擁有絕佳條件，足以解開月球是否適合住人的重大問題。不過他還沒找出答案，眼前只見遼闊荒原及北邊多座禿山，沒有人造工事，沒有證明人類存在的遺跡，連次等生物群聚生活的跡象也沒有。四處不見動物，不見植物，地球生態主要分爲三界，月球顯然只有一界：礦物界。

「怎麼！」米歇勒．阿爾當有點錯愕，「一個人也沒有嗎？」

「沒有，」尼修勒答，「到目前爲止，沒人、沒動物、沒樹。不過，或許氣體皆藏於洞底，沉積於圈谷底部，甚至可能集中於月球另一面，還很難說。」

「況且，」巴比卡納接話，「視力再好的人，超過可視距離七公里外的事物同樣看不到，即使有月球人，他們看得見炮彈，但我們看不見他們。」

將近清晨四點，炮彈來到緯線五十度位置，與月球距離縮短至六百公里。左側出現一道蜿蜒曲折的山線，在明亮陽光照射下，輪廓分明。反觀右側，出現凹陷的黑洞，猶如在月球土地挖鑿了一口深不見底的巨井。

此洞名爲黑湖，又稱柏拉圖山，是一座極深的圈谷。從地球方向看來，每逢下弦至新月期間，月影投射至東邊之時，是研究的最佳時機。

其黑色色調爲月球表面少見，只有北半球冷海東邊的恩底彌翁圈谷深處，及月球東側邊緣，位於赤道上的格里馬爾迪圈谷底部出現過。

柏拉圖山爲一座環形山，位處北緯五十一度暨東經九度，其圈谷長九十二公里，寬六十一公里。沒能行經這座大型谷穴正上方，令巴比卡納倍感可惜，若有機會一探深谷究竟，或

他還沒找出答案……

許能發現什麼神祕現象。但炮彈無法改變路徑，只得接受事實，氣球飛向都控制不了，更別提炮彈了，何況還被關在裡面。

將近清晨五點，炮彈終於越過雨海北端，貢達明山及封特奈勒山分置左右。從緯線六十度以北區域，全爲山地，望遠鏡所見距離近至一法里，比白朗峰海拔高度還低；此區山峰林立、圈谷遍布。緯線七十度附近，菲洛勞斯山聳立，高三千七百公尺，火山口呈橢圓形，長十六法里，寬四法里。

然而，這個距離望見的月貌頗爲奇特，與在地球上看到的差異極大，且遜色不少。月球不具大氣層，先前提過缺乏氣體包覆會導致什麼結果，因此月表不存在晨曦與黃昏，夜晚直接轉換爲白晝，白晝再接續夜晚，如同漆黑中突然點亮或關上燈火；冷熱同樣一次到位，溫度往往瞬間從沸點降至冰點。

缺乏空氣還產生另一個結果：凡陽光未及之處必絕對黑暗。地球有所謂的光擴散，即空氣能拖住光介質，形成黃昏與黎明，產生陰影、半明半暗及所有奇妙的光影變化；但月球不存在光擴散，故只餘黑白兩色，形成強烈對比。若月球人待在不見陽光的地方，所見天空必定一片漆黑，星星亦如身處暗夜般發光閃爍。

眼前奇景讓巴比卡納及兩位友人留下什麼印象，各位只能自行揣度了。三人眼花撩亂，無從判斷各景面的相對距離，月球景觀的明暗現象毫無緩衝，地球風景畫家恐怕不知從何下筆，只能給白紙點上幾滴墨點便作罷。

即使炮彈上行至緯線八十度，景觀依舊不變，月球則相距僅一百公里。清晨五點，炮彈經過焦亞山時，距離已不到五十公里，望遠鏡裡則縮至八分之一法里，景色仍舊未變，月球彷彿伸手可及。炮彈看似即將撞上月球，應該行經北極了，其明亮的山脊現身黝黑太空中，格外顯眼。米歇勒．阿爾當想打開舷窗，衝向月球，那可是從十二法里高處跳下呀！他竟毫不考慮。不過，此舉終究徒勞無功，因爲若炮彈到不了月球任一處，那麼米歇勒受自身運動作用牽引，也不可能到達。

六點時，月球北極出現了，旅客們眼前的月球一半明亮燦爛，另一半已隱沒黑暗。炮彈穿過極亮與極黑的界線，四周頓時陷入黑夜。

第十四章　三百五十四小時半的夜晚

事情發生得太突然，炮彈剛掠過相距不到五十公里的月球北極，才幾秒鐘光景已落入極黑空間，轉變飛快，不見顏色變化、不見光度緩降、不見光波減弱，月球彷彿被一口大氣吹滅火光。

「月球消失了，無影無蹤！」米歇勒．阿爾當嚷著，大驚失色。

的確，一絲反光、一點影子都不剩，方才絢麗的月球已不復見。四周一片黑暗，星光襯托下更顯漆黑，月球三百五十四小時半的黑夜期都將維持這種徹底的「黑暗」，長夜起因乃月球自轉與繞地球公轉時間相等所致。炮彈進入地球衛星的本影區後，將和月球不見蹤影的部分一樣得不到陽光照射。

炮彈裡漆黑一片，三人完全看不見彼此，還得趕緊恢復明亮。無論巴比卡納多想節省存量有限的煤氣，仍得借用來合成人造光，既然太陽拒絕供應光源，只好採用昂貴的亮光了。

「光輝的星球見鬼去吧！」米歇勒．阿爾當叫嚣著，「竟停止免費無限供應光線，逼得咱們得浪費煤氣！」

「別罵太陽，」尼修勒反駁道，「這不是它的錯，倒是月球像張簾幕擋在我們與太陽之間才有錯。」

「是太陽害的！」米歇勒重申。

「是月亮害的！」尼修勒回嘴。

巴比卡納開口結束這場於事無補的爭執：

「朋友們，這不是太陽的錯，也不是月亮的錯，是炮彈的錯，因爲它沒確實按既定軌道前進，不中用地駛離了。更明確說，是那掃把星的錯，害我們偏離原來方向，可惡至極！」

「好吧！」米歇勒．阿爾當答腔，「既然事情解決，來吃飯吧！觀測了整晚，也該補充一下體力了。」

沒人反對這項提議，米歇勒花幾分鐘便備妥餐點，但他們囫圇吞食，不乾杯，也沒歡呼，三位勇敢的旅人被帶至黑暗太空，失去慣有的陽光陪伴，焦慮襲心。維克多．雨果筆下愛將「難纏的黑暗」，正鋪天蓋地而來，令人備感壓迫。

他們聊起物理法則加諸月球居民這三百五十四小時，約莫十五天的漫長黑夜。巴比卡納提出幾項解釋，向友人說明此奇特現象的成因與最終發展。

「這眞的很奇怪，」他說，「因爲如果月球每個半面都有十五天不見陽光，那麼現在我

都是月亮的錯

們漂浮其上的這個半面，在這段長夜期間，同樣無福觀賞壯麗璀璨的地球。換句話說，眞正可見的月球僅有半面，地球對月亮來說亦然。然而，若地球也如此，比如，假如歐洲永遠看不到月亮，只有另一面半球才看得到，你們能想像歐洲人身處澳洲時會有多麼驚訝？」

「人們恐怕會專程爲了觀月旅行！」米歇勒答。

「所以，」巴比卡納接著說，「那些住在背對地球那一面的月球人，見到素未謀面的地球同胞時，也會是這般驚訝。」

「倘若我們是新月階段抵達，」尼修勒表示，「也就是十五天後，就能看到月亮了。」

「我再補充一句，」巴比卡納又說，「反觀，大自然獨厚另一面月球人，讓他們得望見地球，不像無法看到地球的同胞那麼悲情。後者，如兩位所見，面對的是三百五十四小時、完全不透光的漫長黑夜；而前者則相反，陽光照射十五天下山後，地平線另一端又將升起一顆耀眼星球，也就是比月球大十三倍的地球。地球現身位置爲視徑兩度處，光芒也同樣強烈十三倍，還少了大氣層干擾，等再次輪到太陽出現時，地球才會隱沒。」

「字字珠璣啊！」米歇勒．阿爾當說，「就是學術了點。」

「由此可知，」巴比卡納接著說，眉頭皺一下也沒，「能望見地球的那一面住起來應該很舒適，因爲永遠有光，滿月時有太陽，新月時有地球。」

「但是，」尼修勒接口，「這點好處應該會讓光線附帶的酷熱抵銷大半。」

「從這方面來看，月球兩面的待遇一樣，因爲地球的反光顯然不具熱能，但是看不見地球的那面感受到的熱度仍比看得見的這面大。這句話是對你說的，尼修勒，因爲米歇勒應該聽不懂。」

「多謝抬舉。」米歇勒回嘴。

「其實，」巴比卡納說，「看不見的那面同時接受陽光與熱能時，恰好是新月時期，也就是三天體連成一線，而月球位於太陽與地球中間之際。因此，與滿月時期的位置相比之下更接近太陽，是與地球距離的兩倍，這個距離粗估爲太陽與地球距離的兩百分之一，取整數就是二十萬法里。所以，看不見的那面重見光明時，與太陽相距二十萬法里。」

「完全正確。」尼修勒回應。

「相反地……」巴比卡納接著說。

「且慢。」米歇勒打斷朋友認眞的說明。

「怎麼了？」

「接下來換我解釋。」

「爲什麼？」

「爲了證明我懂。」

「請吧。」巴比卡納微笑同意。

「相反地，」米歇勒模仿巴比卡納主席的聲調舉止道，「相反地，月球可視面受陽光照射時正值滿月，以地球爲準，月球剛好與太陽相對。於是月球與太陽間的距離反而增加二十萬法里，承受的熱度自然少了一些。」

「說得好！」巴比卡納大聲說，「你知道嗎？米歇勒，以藝術家來說，你算很聰明。」

「是，」米歇勒隨口答道，「混義大利大道的都是這樣！」

巴比卡納鄭重握了親愛朋友的手，繼續列舉數條看得見地球那面居民的優勢。其中，他特別指出月球只有這面可觀測日蝕，因爲月球得在地球另一側才可形成日蝕。地球處於月球及太陽之間產生的日蝕可持續兩小時，在大氣層折射光線影響下，地球像是太陽上的一個黑點。

「這麼說來，」尼修勒說，「那看不見的半球當眞命苦，天生就不討喜！」

「沒錯，」巴比卡納答，「但也不盡然。因爲某種天平運動，某種中心平衡狀態，地球上望見的月球會大一點，因月球引力中心使其如鐘擺般，偏向地球規律擺動。至於爲何會擺動？因爲其自轉速度一致，但繞著地球橢圓形軌道公轉的速度卻不一致。在近地點，公轉速度占上風，是以月球會露出西側一部分面積，但到了遠地點，換自轉速度占上風，變成月球東側突出一小塊。這寬度約八度、紡錘狀的面積，一會兒在西，一會兒在東。因此我們可見到月球千分之五百六十九的面積。」

「無所謂，」米歇勒應道，「萬一咱們成了月球人，住看得見的這面就好，我個人很愛陽光！」

「但是，」尼修勒提出異議，「這也得如某些天文學家所稱，氣層聚積在另一面才成。」

「是得考慮進去沒錯。」米歇勒坦言。

這時三人用餐完畢，重返觀測崗位，他們熄掉炮彈所有火光，透過漆黑的窗面朝外努力張望，但外頭只剩黑暗，不見一絲亮光。

巴比卡納心裡還擱著問題待解，他不懂炮彈行經與月球相距約五十公里這麼近的距離時，爲何沒降落？倘若因速度太快降落不了還能理解，但當時速度已相對減弱許多，卻還能抵抗月球引力，就不知從何解釋了。難道炮彈另受什麼未知力量影響？是被乙太裡的某個物體拉住嗎？接下來，炮彈顯然再也不可能降落月球，那又該往哪兒去？是逐漸遠離月球，或緩慢貼近月球？或在這暗夜裡被帶往什麼無限空間？漆黑中又該如何探求、如何演算？這些問題困擾著巴比卡納，每一道都百思不得其解。

其實，失去蹤影的月球仍在原地，也許只離他們幾法里、幾英里遠罷了，然而無論同伴或他自己卻什麼也看不見，即使月球表面傳出聲音，他們也聽不到，因爲少了空氣傳導聲音，自然無法聽聞阿拉伯傳說指爲「心跳未歇的半石人」的月亮低語。

不得不承認，再有耐心的觀測者也會發怒，這未知的半面正躲在他們眼皮子底下啊！此面在這十五天前或後，都是陽光普照，明亮耀眼，偏就現在隱沒深黑。但十五天後，炮彈將在何處？難以預測的引力又將帶他們去哪兒？誰能解答呢？

根據月球學的相關觀測，普遍認爲月球看不見的那半面，生成結構與可視那面完全相同。從剛才巴比卡納提及的天平運動可知，人們其實已可觀測約莫七分之一的面積。而這兩塊模糊的紡錘狀區域出現的，不外乎平原、山地、圈谷與火山口，與月面圖所繪類似，由此可斷定兩面質性相同，同屬乾涸死寂的世界。不過，那看不見的一面是否蘊藏氣層呢？是否因空氣生水，賦與這些再生大陸生命？是否植物也能長存？動物是否群聚陸地及海洋？若環境條件適合居住，是否已有人定居？多少問題值得玩味探究啊！若有幸一覽，又能解開多少疑問啊！如果能望一眼這尚無人類親睹的世界，該如何欣喜若狂！

因此，不難理解身處黑夜的三位旅客有多麼痛苦，所有觀月作業被迫中止，只剩星辰入眼，但也不得不承認，無論法葉、沙科奈克[1]、賽西之輩或其他天文學家，全不曾經歷如此有利的觀星條件。

確實，這浸潤於澄透乙太裡的繁星世界，旖旎壯麗，無與倫比，如穹頂鑲嵌著鑽石，璀璨奪目。從南十字星到北極星這段天空，一覽無遺，兩顆星宿將在一萬兩千年後，隨著春、秋分逆行，分別讓出極星位置，南半球由老人星取代，北半球則換爲織女星。美景浩瀚無際，三人任由想像力馳騁，炮彈猶如新創的人造星斗遨遊其間。星斗之所以閃爍，乃因透過密度不一、濕度多變的氣層觀看所致，而此處缺乏氣層，星群受限自然條件，獨散發柔和光芒，不見閃爍。在這沉靜太空中，星星們宛如深夜裡的溫柔明眸，回望相視。

三位旅客靜靜凝視著滿天繁星良久，月球形成的巨大黑洞如大型屏幕垂懸蒼穹，終於，一陣難受打斷了這眼神交會，嚴寒來襲，艙內舷窗玻璃上迅速覆蓋一層厚冰。原來，失去陽光照射後，炮彈四壁蓄積的熱能逐漸消減，迅速散失於太空，導致溫度明顯下降，內部濕氣一遇玻璃即結冰，完全無法觀測。

尼修勒查看溫度計，發現已降至攝氏零下十七度，於是，即使節省的理由再多，巴比卡納也不得不向煤氣借完光後，再去借熱了。炮彈的溫度低到無法忍受，旅客恐怕要被活活凍死了。

「咱們可別抱怨旅途單調啦！」米歇勒．阿爾當出聲，「至少溫度方面，當真變幻無窮！一會兒像彭巴草原的印第安人，讓陽光逼得睜不開眼，熱力十足；一會兒又如北極的愛斯基摩人，落入無窮暗黑，身陷極北酷寒！可不是嘛！哪來資格抱怨，大自然極力禮遇我們了。」

---

1 法葉（Hervé Faye, 1814-1902）與沙科奈克（Jean Chacornac, 1823-1873）都是法國天文學家。

這無與倫比的繁星世界……

「倒是，」尼修勒問，「外頭溫度如何？」

「正是太空原有的溫度。」巴比卡納回答。

「那麼，」米歇勒・阿爾當表示，「先前因陽光普照無法進行的試驗，現在豈非正是時候？」

「千載難逢的機會，」巴比卡納答道，「我們正位於測量太空溫度絕佳地點，恰可驗證傅立葉或普雷特的計算是否正確。」

「總之，實在很冷！」米歇勒回應，「你們瞧艙內濕氣已在舷窗上結冰，溫度再降下去，我們呼出的氣息怕要變成雪花落地了。」

「備妥溫度計吧！」巴比卡納說。

可想而知，普通溫度計在目前的環境下測不出任何結果，因爲水銀液超過零下四十二度即失能，水銀儲槽內的水銀會結凍。但巴比卡納準備的是瓦菲頓[2]那款液流溫度計，可測得極低溫。

開始量測之前，他們拿這支溫度計與一般溫度計做比較，然後巴比卡納才正式使用。

「該怎麼測量呢？」尼修勒問。

---

2 弗朗索瓦・瓦菲頓（François Walferdin, 1795-1880）：法國文學家、物理學家。

我們呼出的氣息怕要變成雪花落地了

「再簡單不過了，」萬事通米歇勒・阿爾當答腔，「快速打開舷窗，丟出溫度計，它會做個好榜樣，乖乖跟隨炮彈，一刻鐘後，再取回……」

「用手？」巴比卡納問。

「用手啊。」米歇勒回答。

「喔，我的朋友，千萬別冒險，」巴比卡納回應，「因爲你只會縮回一隻因酷寒而凍僵變形、完全作廢的手。」

「當眞！」

「你會感到一陣可怕的燒灼感，像燒紅的白鐵，因爲熱能急速自肌肉流失或流入，結果都一樣。此外，也不確定我們丟出炮彈的東西是否還跟著。」

「怎麼說？」

「因爲，如果我們穿過大氣層，無論密度多低，那些東西都會被拋在後頭。但黑暗讓人沒辦法確認這些東西是否仍漂浮在側，所以，爲了不冒弄丟溫度計的險，咱們得繫條繩子，才好再拉進來。」

巴比卡納的意見獲得採納。尼修勒將綁上繩子的溫度計扔出迅速打開的舷窗，爲了能快速拉回溫度計，繩子長度極短。儘管舷窗只略微開啟不過一秒，但這一秒，已足夠讓刺骨寒氣入侵炮彈。

「天殺的！」米歇勒·阿爾當大呼小叫，「冷到能凍僵北極熊了！」

巴比卡納等了半小時，好讓溫度計內液有充足時間降至與太空溫度一致，之後，飛快拉回溫度計。

巴比卡納計算溫度計底部連接的小玻璃球所流進的酒精量後，開口道：

「攝氏零下一百四十度！」

普雷特先生反對傅立葉有理。星際太空的溫度就是這麼嚇人！或許，等月球散失太陽十五天來供應的全部熱能後，月球大陸也是這個溫度。

第十五章　雙曲線或拋物線

看到巴比卡納及夥伴幾乎不擔心被這流浪無限乙太的金屬監獄帶往何處，或許令人驚訝，他們不去想未來，像待在自己的工作室般，平心靜氣，將全數時間付諸試驗。或許可解釋成，凡遇相同苦難之人，歷經了千錘百鍊，已無所畏懼，因為除了操心未來命運，還有別的事要忙。

事實上他們也無法操縱炮彈，停不住也改變不了方向。船員可任意調整航向，飛行員可驅動飛艇升降；他們正相反，對自己的交通工具束手無策，操作全數受限，只得聽天由命，如船員之間流行說的「隨波逐流」了。

此刻是早上八點，相當於地球時間十二月六日，而他們身處何方？可以確定勢必在月球附近，甚至近到月球看來宛如開展於蒼穹的巨大黑幕，至於彼此距離則無法估算。炮彈受莫名力量牽引，掠過月球北極點，當時與月球距離不到五十公里，但炮彈進入本影區頂點已兩小時，距離是否有所增減？目前仍缺乏測量炮彈方位及速度的基準點，或許炮彈隨即遠離月表，立刻擺脫黑暗，也或許反而越發靠近，沒多久便撞上這看不見的半球某處高峰，於是旅程告終，旅客自然也壯烈犧牲。

此事又引發三人爭論不休，滿肚子見解的米歇勒．阿爾當表示，炮彈最後將在月球引力拉扯下，如隕石撞地球般，摔落月球。

「首先，夥伴，」巴比卡納回應，「並非所有的隕石都掉落地球，那只是少數，所以，就算我們化身隕石，也不見得一定落於月球表面。」

「可是，」米歇勒應聲，「假使我們離月球夠近……」

「非也，」巴比卡納反駁，「難道你沒見過某些時節，成千上萬流星劃過天際的畫面？」

「見過。」

「很好，這些流星，或確切稱爲小天體，唯有在摩擦大氣層生熱的條件下，才會發光，而流星一旦穿過大氣層，通常離地球已不到十六法里，卻極少掉落地球。炮彈也一樣，可能非常靠近月球了，仍非跌落其上。」

「若如此，」米歇勒問，「我倒很好奇咱們這四處遊蕩的交通工具在太空的運行方式爲何？」

「我只想到兩種假設。」巴比卡納思索半晌後答道。

三人爭論不休

「什麼假設？」

「炮彈將於兩條數線中，依自身速度擇一行進，至於選擇爲何，尙無從評測。」

「是，」尼修勒開口，「炮彈將沿著拋物線或雙曲線前進。」

「事實上，」巴比卡納回應，「只要有一定速度，就能沿著拋物線走，若速度明顯加快，則可能改走雙曲線。」

「我愛這兩個偉大的字眼，」米歇勒．阿爾當嚷著，「我們馬上來弄懂意思，請說明你們所謂的拋物線是什麼？」

「朋友，」船長答道，「拋物線屬二次曲線，乃圓錐與一平行錐線的平面相切而成的部分。」

「嗯哼！」米歇勒出聲以示滿意。

「就類似，」尼修勒接著說，「迫擊炮擊發出的彈道弧線。」

「很好，那麼雙曲線呢？」米歇勒問。

「雙曲線，米歇勒，也是二次曲線，乃錐面及平行其軸的平面相交而成，並發展成兩條線，朝兩端無限延伸。」

「太不可思議了！」米歇勒．阿爾當像聽到什麼大事般正色道，「請一定記得，尼修勒船長，聽完差點被我說成雙關語的雙曲線定義，最討我歡心的部分，就是定義本身竟比你打算定義的那個字還不清楚。」

尼修勒和巴比卡納不顧米歇勒．阿爾當的冷嘲熱諷，逕自討論起科學議題，他們對於炮彈將走哪條曲線大感興趣，一位認為雙曲線，另一位支持拋物線，又提出許多X來X去的論證，兩人辯論使用的語言令米歇勒跳腳，討論十分熱烈，雙方都不願棄守自己屬意的曲線。

這場沒完沒了的科學辯論終於因米歇勒的不耐煩終結，他開口：

「哎呀！兩位餘弦先生，該停止為拋物線和雙曲線絞盡腦汁了吧！我本人只想知道一件要緊事兒。話說我們將順著兩位所指的其中一條曲線前進，很好，但曲線會帶我們上哪兒去？」

「任何地方。」尼修勒答。

「什麼，任何地方！」

「理所當然，」巴比卡納道，「兩條都是開放曲線，將無限延伸！」

「啊！學者們！」米歇勒直呼，「我真服了你們！欸！既然同樣把我們帶往無限太空，那麼最後走拋物線或雙曲線到底哪裡重要！」

巴比卡納和尼修勒忍不住笑了，方才真是「為了藝術而藝術」啊！沒人會在這奇怪的時刻探討這於事無補的問題。事實很不幸，無論沿著雙曲線或拋物線行進，炮彈永遠抵達不了地球或月球。

那麼，勇敢的旅人們即將遭遇怎樣的未來？如果沒餓死、渴死，再過幾天，等煤氣耗盡，即使沒先凍死，也將缺氧而亡！

儘管節省煤氣十分重要，但周遭溫度實在降得太低，他們不得不消耗一點煤氣。嚴格說來，他們可以沒有光，卻不能缺熱。幸好雷塞與賀尼奧製氧機產生的熱能稍微提高了炮彈內的溫度，且無須多所耗費，即可維持堪用的溫度。

然而，透過舷窗觀測變得困難重重，炮彈裡的溼氣一凝聚窗面，即刻結冰，必須頻頻擦拭，才能防止窗面霧濁。儘管如此，仍能觀察到某些饒富趣味的現象。

事實上，假如月球看不見的那面擁有大氣層，不就能見到流星劃過？若炮彈穿過稀薄的氣層，不也多少能聽聞月球傳來的回音，例如暴風隆隆、雪崩轟鳴、活火山爆發的巨響？倘使爆發時火光斑斕，是否還可見著強烈閃光？這類景況經過仔細考證後，尤其能釐清難解的月球構造疑問。因此，巴比卡納和尼修勒像變身天文學家般堅守舷窗，不厭其煩地持續觀測。

但至目前為止，月球表面依舊寂靜黑暗，仍未回應三位志士提出的諸多疑問。

倒是米歇勒推敲出一個聽來有理的想法：

「若旅程重來，我們真該挑新月期動身。」

「的確，」尼修勒應道，「情勢應會較為有利。我承認路上可能無法看到受太陽照射的那面月亮，但反過來，卻能望見圓圓的地球。此外，萬一像現在這般繞月而行，至少有機會一睹看不見的那面大放光明！」

「說得好，尼修勒，」米歇勒．阿爾當附和，「你認爲呢，巴比卡納？」

「我認爲，」德高望重的主席表示，「若旅程重來，我們仍得在相同時間與條件下出發。假設我們可抵達目的地，那光線充足的洲陸不是比黑夜籠罩的區域好嗎？一開始也能在較好的環境裡尋得落腳處不是嗎？對，顯而易見。至於看不見的那面，等我們登陸月球實地勘查時亦會前往。所以，滿月期是最恰當的選擇。前提是得抵達目的地，且抵達前，路徑不能偏移。」

「這點，實在無言以對。」米歇勒．阿爾當道。「總之咱們錯失觀測另一面月球的良機！不知道其他星球的人民在認識衛星一事上，是否超越地球的學者呢？」

米歇勒．阿爾當的疑問，可簡單回答如下：沒錯，其他衛星因距離自身行星甚近，研究起來較爲容易。土星、木星、天王星上若有居民，欲與他們的月球建立聯繫確實會輕鬆許多。環繞木星的四顆衛星，距離分別爲十萬八千兩百六十法里、十七萬兩千兩百法里、二十七萬四千七百法里及四十八萬零一百三十法里。但這是從行星中心起算，若扣除木星半徑一萬七千至一萬八千法里，可發現木星距離第一顆衛星相較地球與月球近得多。至於土星那八顆月亮，其中四顆較爲靠近，黛安娜星距離八萬四千六百法里，特蒂斯星距離六萬兩千九百六十六法里，恩斯拉得星距離四萬八千一百九十一法里，最後彌瑪斯星平均距離僅三萬四千五百法里。而天王星的八顆衛星中，第一顆艾瑞爾星僅相距五萬一千五百二十法里。

因此，若在這三顆天體表面進行類似巴比卡納主席目前的試驗，難度將大爲降低。倘若那些居民也打算探險，或許可探查出永遠看不見的另外半面衛星的結構¹。但假如他們從未離開自身星球，就不可能超越地球的天文學家。

然而，炮彈在黑暗中行進的軌跡因缺乏基準點測量，難以計算路徑，炮彈是否受月球引力影響或未知星體作用而改向？巴比卡納無法肯定。倒是這交通工具的相對位置正在改變，巴比卡納在將近清晨四點時也注意到了。

變化在於炮彈底部已轉向月球表面，並保持垂直。變化成因來自引力，也就是重力。炮彈最重的部位朝月球看不見的那面傾斜，簡直像準備降落月球一般。

會降落嗎？旅客們朝思暮想的目的地最終能否抵達？透過觀測某個莫名出現的基準點，讓巴比卡納確定炮彈不會靠近月球，而是沿著貼近月球的同心弧線移動。

此基準點是尼修勒突然在黑暗月面邊界發現的一個光點，應該不致與星星混淆，那個淡紅光點越來越大，顯然炮彈正朝它前進，照理不可能降落月球表面。

「火山！是活火山！」尼修勒大喊，「月球地底的火焰還能噴發！這世界尚未完全死絕。」

「是啊！火山爆發，」拿著夜視望遠鏡仔細研究此現象的巴比卡納答道，「除了火山還能是什麼呢？」

「那麼，」米歇勒．阿爾當開口，「爲了持續燃燒，一定需要空氣，所以，月球這塊區域應該覆有氣層。」

「有可能，」巴比卡納回應，「但也不是非空氣不可，火山因某些物質分解後，可自行供應氧氣，噴散火焰於眞空，我甚至覺得這種爆炸的強度及亮度，應是物體於純氧中燃燒所致。因此別急著斷定月球存在氣層。」

火山應位於看不見的那面，大約南緯四十五度之處，但令巴比卡納深感惋惜的是，走弧線路徑的炮彈逐漸遠離火山噴發點，無法進一步確認其質性。半小時後，亮點即消失於漆黑天際。無論如何，能觀測到此現象實屬月球研究的重大事件，證實該天體內部的熱能尚未完全散失；凡熱能存在之處，誰敢保證植物界，甚或動物界，在世界毀滅之前，不會堅持求生到底？地球學者探勘到活火山的存在已無庸置疑，必然也將爲月球是否宜居的重要問題增添

1 （原註）事實上，赫雪爾曾發現，衛星自轉與其環繞行星公轉的運動方式恆為一致，故衛星永遠以同一面示人。唯獨天王星特別不同，它的數顆月亮繞行時幾乎與軌道面垂直，故運轉方向呈逆行，也就是其衛星的運行方向與太陽系其他星體相反。

有利論述。

巴比卡納任由思緒馳騁，沉浸於月球祕境的奇思異想，渾然忘我，試圖串連至今觀測到的各項事物，直到一件意外發生，才驟然將他喚回現實。

這起意外，不僅是一種宇宙現象，還是一場後果恐不堪設想的可怕危機。

原來暗黑乙太裡，突然冒出一個龐然大物，很像月亮，卻是一顆光芒萬丈的月亮，尤其與漆黑太空對比下，亮度更是逼人。這個圓形物體照亮整座炮彈，巴比卡納、尼修勒、米歇勒．阿爾當的面孔受強烈白光映照，猶如被物理學家拿酒精加鹽產生的人造光照射般，臉色青灰蒼白，活像幽靈。

「見鬼！」米歇勒．阿爾當叫嚷著，「咱們成醜八怪了！這顆討厭的月亮是什麼玩意兒？」

「火流星。」巴比卡納回答。

「火流星能在眞空中燃燒？」

「能。」

這燃燒的球體的確是火流星，巴比卡納沒弄錯。只是從地球觀測宇宙裡的流星，其亮度通常較月球爲暗，然而在這個黑暗乙太空間，則顯得光輝明亮。這些流浪星體本身即具備自燃要素，不需空氣環繞即可爆炸燃燒。實際上，雖然曾有部分火流星穿過地球上方二至三法里高處的氣層，但大多數都相反，飛行路徑往往落在大氣層延伸不及之處。這類火流星，一八四四年十月二十七日有一顆，出現在一百二十八法里高空；另一顆則現身於一八四一年八月十八日，離地球一百八十二法里。有些流星寬度三至四公里，速度可達每秒七十五公里[2]，運動方向與地球相反。

這顆突然從至少一百法里高的空中竄出黑暗的流星，依巴比卡納推估，直徑應有兩千公尺，正以約每秒兩公里，等於每分鐘三十法里的速度前進。它闖入炮彈路徑，大概幾分鐘後就會相觸，越靠近，體積越發顯得巨大。

但願人們能想像三位旅客的處境，筆墨實在難以形容。三人雖勇敢、冷靜、臨危不亂，此刻同樣嚇到張口結舌、呆若木雞、四肢僵硬。他們無法改變炮彈航向，只見它直直衝向那比反射爐口還炙熱的巨大火球，眼看即將奔入火海。

巴比卡納握住兩位同伴的手，三人半瞇著眼緊盯燒到白熱的小行星，若他們的理智還沒被摧毀，驚恐之餘大腦也還運作如常的話，那他們鐵定只剩必死無疑一個想法！

火流星突然冒出不過兩分鐘，他們卻彷彿被嚇了兩世紀！就在炮彈正要撞上瞬間，火球如炸彈般爆炸了，只是悄無聲息，因爲聲音乃空氣振動而來，眞空中不可能傳出聲音。

2（原註）地球沿著黃道移動的均速不過每秒三十公里。

巴比卡納握住兩位同伴的手

尼修勒發出一聲驚呼，與兩位夥伴一同撲向舷窗玻璃，美哉極景！什麼樣的文筆才可描繪，什麼樣顏色豐富的調色盤才足以重現這磅礡壯麗？

眼前如火山口爆發飛散，如猛烈火勢沖天，成千上萬發光的碎片照亮天空，劃下一道道火紋。大小紛陳、五顏六色、相互輝映，形成一頂由鮮黃、淺黃、紅、綠、灰各色繽紛交織的多彩火焰皇冠。原本巨大駭人的星體分裂成塊，自成小行星，飛往四面八方，有些如寶劍閃耀，有些裹著白霧，另一些還拖著宇宙粉塵聚集形成的亮痕。

這堆熾熱碎塊交錯互撞，再散成更小的碎片，其中幾片撞上炮彈，左舷窗玻璃甚至因猛烈撞擊出現裂痕，炮彈彷彿於槍林彈雨中飄搖，再小一顆都能讓它瞬間灰飛煙滅。

四散紛飛的小行星使乙太光線充盈，亮度至極，就在天空分外明亮之際，米歇勒拉著巴比卡納和尼修勒到窗前，扯嗓高喊：

「看不見的月球，終於看見了！」

於是三人趁著幾秒鐘的大放光明，人類雙眼首度窺見那神祕的一面。

隔著這樣無從估算的距離，他們看見了什麼？月表浮現幾塊狹長地，稀薄的氣層中央聚積著貨真價實的雲朵，雲霧間高山聳立，尚可見高地起伏、圈谷及齜牙裂嘴的火山口等，都是看得見的那面也存在的地形。接著是一望無際的空曠，但並非荒原，而是真正的大海及遼闊汪洋，如鏡般的水面映照出天邊那奇幻火光。最後，陸地遍布的大面積暗處，急光中，隱

美哉極景！

約可見皆爲大片森林……

是幻覺、誤視，甚或錯覺？這樣驚鴻一瞥取得的觀測結果，是否足供科學驗證？他們不過粗略掃視看不見的月面，就敢針對月球可否居住的議題發表意見了嗎？

這時，天邊光芒漸漸轉弱，不時爆發的閃光亦逐步減少，小行星沿著各自航線分道揚鑣，消逝遠方。乙太又恢復一貫的黑暗，方才受遮蔽的星辰，重新閃耀天際，若隱若現的月盤再度沉入深不可測的暗夜。

第十六章　南半球

砲彈剛躲過一場突如其來的可怕危機，誰能料到竟遇上火流星？這些流浪星體足以讓三位旅人陷入致命險境。流星對他們來說，如遍布乙太汪洋的礁石，只是他們比其他航海家倒楣，沒辦法逃。但三位太空探險家抱怨了嗎？不，因爲大自然讓他們見識宇宙裡發光的流星猛烈爆炸的壯麗美景，因爲這場連魯吉耶里[1]都模仿不來、無與倫比的煙火秀，照亮了月球看不見的那一面幾秒鐘，因爲這稍縱即逝的明亮，他們目睹了洲陸、海洋、森林。大氣層是否爲那未知的一面帶來活力十足的分子？依舊難解，但在好奇心驅使下，人類會一直提問下去！

時值下午三點半，砲彈沿著環繞月球的曲線前進，其路徑是否再次因流星而改變？很難說，然而，砲彈理應依據力學原理，維持曲線路徑不變。巴比卡納傾向認爲曲線應爲拋物線，而非雙曲線；但若爲拋物線，砲彈應會迅速離開月球投射至太陽對面的本影區。本影區範圍其實很窄，若與太陽直徑相比，月球的夾角直徑極小。但直至目前爲止，砲彈仍在深暗中飄蕩，無論速度多快，當然速度也不可能太慢，始終處於掩星過程[2]。事實擺在眼前，假設軌道確實爲拋物線，應該不會發生這種現象。新問題令巴比卡納傷透腦筋，受困於未知迴圈，無法脫身。

三位旅客任誰也不願休息片刻，全忙著探看是否再發生什麼替天體學帶來一絲新曙光的意外事件。近五點時，米歇勒・阿爾當發了幾塊麵包及冷肉當晚餐，三人就地迅速吞食，一步也沒離開不斷結霜的舷窗玻璃。

將近傍晚五點四十五分，舉著望遠鏡觀測的尼修勒注意到月球南方邊緣，正好落於炮彈航線上，有幾顆亮點現身夜幕，說是連綿山峰也不爲過，猶如一道發顫的長線，非常明亮，就像月球轉至八分之一相位時，月緣浮現的線條樣貌。

錯不了，那並非尋常流星，其凸出明亮的稜線不似流星鮮豔，也不見移動，更不是爆發的火山。因此巴比卡納毫不猶豫脫口言明。

「太陽！」他大聲說。

「什麼！太陽！」尼修勒和米歇勒・阿爾當應聲。

「是的，朋友，照亮月球南方邊緣山峰的，便是那光芒萬丈的星體，我們顯然正朝南極

1 魯吉耶里（Gaetano Ruggieri）：十八世紀著名的英國煙火表演者。

2 掩星（Occultation）：指一個天體在另一天體與觀測者之間通過而產生的遮蔽現象。

太陽！

靠近。」

「我們剛經過北極，」米歇勒回應，「所以咱們已經環繞自家衛星一圈了！」

「沒錯，我的好米歇勒。」

「那麼，再也用不著操心什麼雙曲線、拋物線或開放曲線了！」

「對，這是封閉曲線。」

「大名是？」

「橢圓。炮彈很可能沿著橢圓軌道繞行月球，免於迷走星際太空。」

「眞的！」

「然後變成月球的衛星。」

「月亮的月亮！」米歇勒·阿爾當驚呼。

「不過，你得明白，可敬的朋友，」巴比卡納表示，「我們並不會因此而獲救！」

「是，但至少換了個有趣多的死法！」樂觀的法國人笑嘻嘻地說。

巴比卡納所言不假，依此橢圓軌道，炮彈恐怕得永遠繞行月球，成爲一顆子衛星，太陽系就此新增一枚星體，也就是由三位即將因缺少空氣喪命的居民共組的小宇宙。所以巴比卡納對炮彈因離心力與向心力雙重效應帶來的命運，實在開心不起來。他和夥伴們將重見發光的那面月球，或許甚至能活到再見最後一回日照下瑰麗明亮的渾圓地球！或許來得及向再也回不去的地球道聲永別！之後，炮彈不過是塊失溫死絕的物體，一如那些了無生氣的小行星，兜轉於乙太空間。唯一欣慰的是，終於能離開無盡黑暗，重見光明，回到陽光普照之境。

這時，巴比卡納認出逐漸自黑暗浮現的高山，正是矗立月球南極地帶的德費爾山及萊布尼茲山。

看得見的這面半球所有高山，全經過無比精確的測量，完善程度或許驚人，但採用的測高法十分嚴謹，甚至可認定月球山高數據與地球相關數據相比，準確度不相上下。

最常用的方法乃根據觀測時的太陽高度，測量山脈投影，在確知月面實際直徑的條件下，利用具雙線平行十字準線的望遠鏡即可輕易測得，這也適用於估量月球火山口與洞穴深度。伽利略曾採用這個方法，後來比爾及蒙德雷爾兩位先生也選擇使用，成效顯著。

另一個稱爲切線法的方法同樣可拿來量測月球地勢高低，專門測量位於明暗分界線旁的山峰亮點。這些亮點閃爍於月球暗面，發亮原因來自陽光照射，這個光源位置比決定月相範圍的光源來得高，所以，只要找出離發光點最近的月相明區，再測量它與發光點的距離，即可精確取得亮點高度。不過，理所當然，此法僅適用位於明暗界線附近的山脈。

第三個辦法是以測微器測量月球山脈留映於太空的側影，但也只能測量位於月球邊緣的高山。

依所有測量案例，可發現無論測量投影、距離或側影等方法，唯有當從觀測者角度看去，陽光是斜射月球的時候才可行，若爲直射，換句話說，即滿月期，月面不留一絲陰影，自然不可能進行觀測。

伽利略是發現月球山脈存在後，第一位使用投影法計算山高之人，如同他發表過的，他認爲山脈平均高度爲四千五百托瓦茲[3]。赫維留斯大大下修該數據，反觀里喬利則提高一倍，雙方都未免誇張。直至配備精良的赫雪爾才取得較貼近實際高度的數值。但最終還是要從當今觀測者的報告中找答案。

全世界數一數二的月球學家比爾及蒙德雷爾兩位先生，測量過一千零九十五條月球山脈，根據他們估算結果，其中六條山脈高度超過五千八百公尺，二十二條超過四千八百公尺。月球最高峰達七千六百零三公尺，較地球最高峰爲低，地球有數座山峰皆比月球高峰高出五、六百托瓦茲。但必須說明的是，若比較兩星體個別體積，其實月球山脈相對較高。因月球最高峰爲月球直徑的四百七十分之一，地球最高峰僅有地球直徑的一千四百四十分之一。地球高山若按月球高山的比例換算，垂直高度應要有六法里半才會相當；然而，地球最高峰還不超過九公里。

因此，可進行比較如下。喜馬拉雅山脈計有三座山峰較月球的高：八千八百三十七公尺高

3托瓦茲：法國古長度單位，約2公尺。

的聖母峰、八千五百八十八公尺高的康青朱嘉峰，及八千一百八十七公尺高的道拉吉里峰。月球上的德費爾山、萊布尼茲山與同一條山脈的捷瓦伊山高度相當，皆爲七千六百零三公尺。

　　高加索山及亞平寧山脈幾個主峰，如牛頓峰、卡薩屠斯峰、庫爾提斯峰、肖特峰、第谷峰、克拉烏峰、布蘭卡納斯峰、恩底彌翁峰，全都高於四千八百一十公尺的白朗峰。而與白朗峰高度相同的有莫雷峰、戴奧菲峰、卡達尼亞峰；與四千六百三十六公尺的羅莎峰[4]同高的有琵科羅米尼峰、維納峰、哈帕拉斯峰；另與四千五百二十二公尺的切爾維諾峰[5]一樣高的是馬克羅布峰、埃哈多斯泰納峰、阿勒巴德克峰、德朗布爾峰；與特內里費島[6]同高三千七百一十公尺的是培根峰、齊薩杜斯峰、菲洛勞斯峰及阿爾卑斯峰；庇里牛斯山的貝杜峰[7]，高三千三百五十一公尺，相同高度的有羅莫爾峰及博古斯瓦夫斯基峰；與埃特納火山[8]同高三千兩百三十七公尺的則爲海克力士峰、阿特拉斯峰，與弗內留斯峰。

　　以上比較點都可用來估量月球山脈高度。此刻，炮彈正順著航道朝南半球山區前進，該區高山峻嶺綿亙矗立，是月球山誌學有史以來最美的範本。

---

4 羅莎峰（Monte Rosa）：位於瑞士，是阿爾卑斯山脈第二高峰。
5 切爾維諾峰（Mont Cervin）：同屬於阿爾卑斯山脈的高峰，也稱「馬特洪峰」（Matterhorn）。
6 特內里費島（Ténériffe）：位於大西洋加那利群島的一座火山島，高峰為泰德峰（Teide）。
7 貝杜峰（Mont Perdu）：位於西班牙東北部的韋斯卡省。
8 埃特納火山（Etna）：位於義大利西西里島東岸，是歐洲最高的活火山。

第十七章　第谷山

晚間六點，炮彈以不到六十公里的距離掠過南極，之前經過北極時也是這個距離，顯然，航線確實爲橢圓軌道。

這時，旅客們重返舒適陽光底下，再見群星由東往西緩緩移動，太陽受到三人熱情歡呼，熱氣很快隨著光芒滲入金屬艙板，玻璃透亮如常，冰霜像被施了魔法般迅速消融，爲省能源，煤油燈早已熄滅，只剩得消耗固定煤氣量的的製氧機還開著。

「啊！」尼修勒開口，「讓溫暖的光線照著多好啊！想必歷經漫漫長夜的月球人，也是如此焦急地等待太陽重現吧！」

「沒錯！」米歇勒．阿爾當答腔，邊作勢朝明亮的乙太深吸一口氣，「光與熱，生命之所在！」

此刻，因炮彈行進路線爲長橢圓，導致其尾端略略遠離月球表面，行走至此，若地球適逢「滿地」，巴比卡納及夥伴們即可重見地球。然而，地球正巧沒入陽光，根本看不到。但

光與熱，生命之所在！

月球南部另有景致吸引他們的目光，望遠鏡裡的月球僅八分之一法里遠，三人緊貼著舷窗不放，詳細記錄這片奇特陸地的景觀。

德費爾峰及萊布尼茲峰分為兩山群，發展於南極點附近，第一群自南極往東延伸至八十四度緯線，第二群則沿著東側邊緣，從六十五度緯線綿亙至南極。

蜿蜒崎嶇的山脊上可見賽西神父曾指出的光層，而巴比卡納比這位著名的羅馬天文學家更有把握確認光層身分。

「是雪！」他直呼。

「雪？」尼修勒跟著問。

「對，尼修勒，是表面完全結凍的雪，你瞧反光多刺眼。冷卻的熔岩反光不會這麼強，所以月球上有水、有空氣，雖然比期望的量少得多，卻是無庸置疑的事實！」

的確，無庸置疑！倘若巴比卡納重返地球，他的筆記足以證實這項月球觀測上的重大事件。

德費爾峰及萊布尼茲峰矗立於一片面積中等的平原中央，周圍盡是圈谷及環形山壁綿延相連，兩者是唯一匯合於圈谷區的山脈，山勢相對平緩，發展出的幾道銳峰，最高不過七千六百零三公尺。

炮彈雖可俯瞰全貌，卻因雪光太強，遮覆了地勢起伏，三位旅客見到的仍是古老的月球景貌，因散射不出光線，只留單調色彩，無深淺漸層、無光影區別，非黑即白。儘管如此，這荒蕪世界的景色依然絕妙獨特，令人目不轉睛。他們猶如被狂風推著漫遊混沌之區，腳下的高山接連後退，三人放眼探查洞穴，或追入溝槽，要不攀上山壁、勘查神祕坑洞、量測裂口，卻完全不見植物生存跡象，也無城市遺跡，只有層理現象、熔岩流散可看，漫溢的岩漿如大片鏡面般光滑，陽光照射下反光逼人。這個世界不具盎然生機，全然死寂蕭瑟，雪崩時，雪塊是無聲無息自山頂滾落深谷，雖滾動，卻不聞轟隆巨響。

巴比卡納經反覆觀察，發現月面邊緣的地勢雖受來自中央地區不同力量影響，構造卻完全一致，同樣具環形沉積及起伏地形，但一般認爲兩處地勢應大不相同。實際上，在月球中央，其具延展性的地殼受月球及地球引力雙重拉扯，會順著月球與地球半徑延伸線，往反方向作用；反觀月球邊緣，月球引力可說與地球引力垂直，因此，兩種引力條件造成的地勢起伏，其形態似乎也該有所差別。然而事實並非如此，是以月球有自己的生成與構造原則，不受外力影響，亦驗證了阿拉戈[1]的著名假設：「月球地勢起伏，絕非外力所致。」

總之，這個世界的現狀呈現死寂樣貌，實在說不出有什麼生命在此活躍過。

不過，米歇勒．阿爾當自認發現一堆廢墟，還指給巴比卡納看。該處近緯線八十度及經線三十度，石塊成堆，排列整齊，組成一座大型堡壘，居高臨下，底下有一條史前時代應爲河床的溝槽。不遠處，聳立著五千六百四十六公尺高的肖特環形山，與亞洲的高加索山同高。米歐勒・阿爾當如往常般，一頭熱地認定堡壘「顯而易見」。他還在下方發現崩毀的城牆，這頭的廊柱拱頂完好無缺，那頭基石則躺著兩三根柱子；稍遠處整排的拱腹，可能是支撐渠道管線用的，還有一座橋墩頹圮的大橋，倒向溝槽深處。他指出這許多總總，然而以他那想像力豐富的目光，再透過變化多端的望遠鏡頭做出的觀測，令人不得不打個問號。只是，又有誰能肯定、誰敢直言這可愛的小伙子當眞沒看到他夥伴們沒指望看見的事物？

時間非常寶貴，不該費時做無益的討論，那座月球城，無論眞假，已消失遠方。炮彈與月表的距離逐漸拉大，地景開始模糊，只剩高地、火山口、平原依然輪廓鮮明。

這時左方出現一座月球山誌學上最美的圈谷，爲月球大陸奇景之一。巴比卡納參考《月圖》，輕易認出此乃牛頓山。

牛頓山確切位置爲南緯七十七度暨東經十六度，火山口呈環狀，山壁高達七千兩百六十四公尺，顯然難以攀越。

巴比卡納提醒夥伴留意此座四周平原環繞的高山，聳立高度與它的火山口深度大不相同。這個巨大坑洞深不可測，是一座陽光永遠照射不到谷底的幽暗深淵。據洪堡德[2]之見，

---

1 弗朗索瓦・阿拉戈（François Arago, 1786-1853）：法國數學家、天文學家，曾任法國總理。

2 洪堡德（Alexander von Humboldt, 1769-1859）：德國自然科學家，被喻為現代地理學之父。

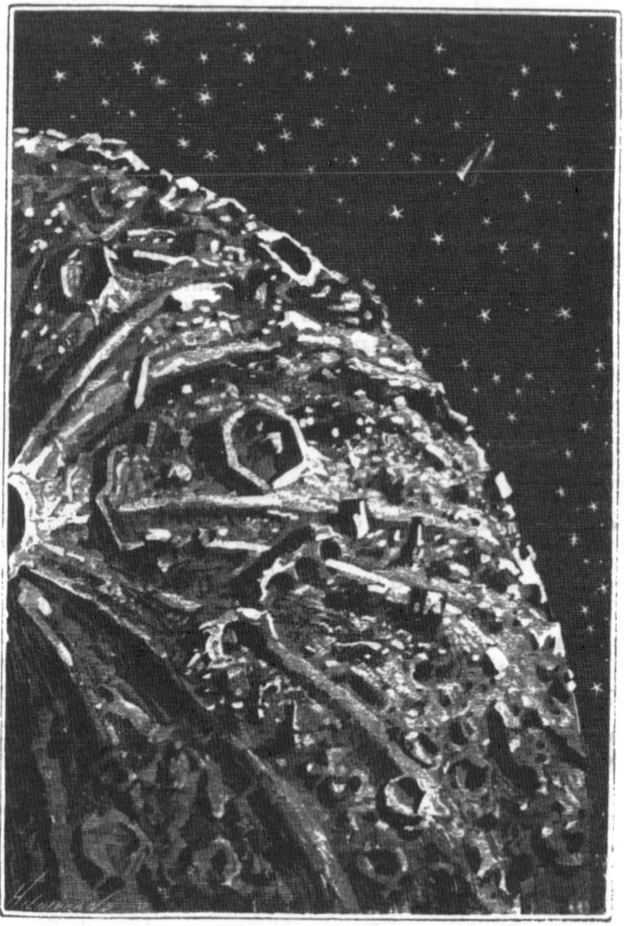

他指出這許多總總

這是陽光及地球光皆攻破不了的暗黑王國，部分神祕學者稱其爲地獄入口亦不無道理。

「牛頓山，」巴比卡納表示，「是最典型的環形山，地球還找不出類似樣本，這些環形山證明月球的形成必定受某些強大因素影響，導致降溫冷卻，之後在月球內部的熾火推進下，堆出高度可觀的山丘峻嶺，谷底則藏身深處，低於月平線許多。」

「不可否認。」米歇勒·阿爾當應道。

越過牛頓山後幾分鐘，炮彈來到莫雷環形山正上方，又沿著布蘭卡納斯峰走了一大段路，約莫晚上七點半，抵達克拉烏圈谷。

這是月球最具特色的環形山，位於南緯五十八度暨東經十五度，估計高度爲七千零九十一公尺。旅客們雖相隔四百公里，但透過望遠鏡，可將距離縮短至四公里，足以綜覽這座大型圈谷。

「地球火山與月球火山一比，」巴比卡納說，「不過是鼴鼠洞。經測量，維蘇威火山及埃特納火山首次爆發形成的古老火山口，寬度頂多六千公尺。法國的康塔勒圈谷爲十公里寬，而錫蘭的圈谷島寬七十公里，就被列爲地球最大。那些圈谷與我們腳下這座克拉烏圈谷的直徑相比算什麼？」

「所以有多寬？」尼修勒問。

「兩百二十七公里。」巴比卡納答。「這確實是月球最具分量的圈谷，但其他寬兩百、一百五十、一百公里的多得是！」

「啊！朋友們，」米歇勒昂聲道，「試想這靜謐的黑夜星體，當火山口發出轟隆雷響，噴發熔岩急流，石塊如冰雹落下，雲煙瀰漫，烈焰熊熊之際，該是什麼景象？想必非常壯觀吧！而現下，卻是何等衰敗！如今的月球不過如燃放過的炸彈、火箭、蛇炮、輪轉煙火，徒留殘支斷架，絢麗繽紛後，僅存落寞的碎片紛飛。誰能給這些地殼變動說出個成因、道理及論證呢？」

巴比卡納沒留意米歇勒．阿爾當所言，獨望著克拉烏高山群幾法里寬的山壁沉思，這偌大的洞穴底部存在百來個小型死火山口，坑坑洞洞猶如漏勺，盤據其上的則是一座五千公尺的高峰。

四周平原景象荒涼，從未見過如此貧瘠的高地、如此寂寥殘破的山陵，地面簡直可說是蓋滿山峰峻嶺的碎塊。月球此處似乎曾發生爆炸。

炮彈持續前進，沿途所見始終一片石海，圈谷、火山口、崩塌的高山，連綿不絕，另有許多平原、海洋，宛如瑞士及無盡延伸的挪威。最後，這裂口中心的最高點，便是月球表面最巍峨之山——氣宇非凡的第谷山，後人將永遠爲此山保留這取自丹麥著名天文學家的名字。

每逢滿月期且萬里無雲之際觀測，沒有人能對這顆南半球亮點視而不見。米歇勒．阿爾

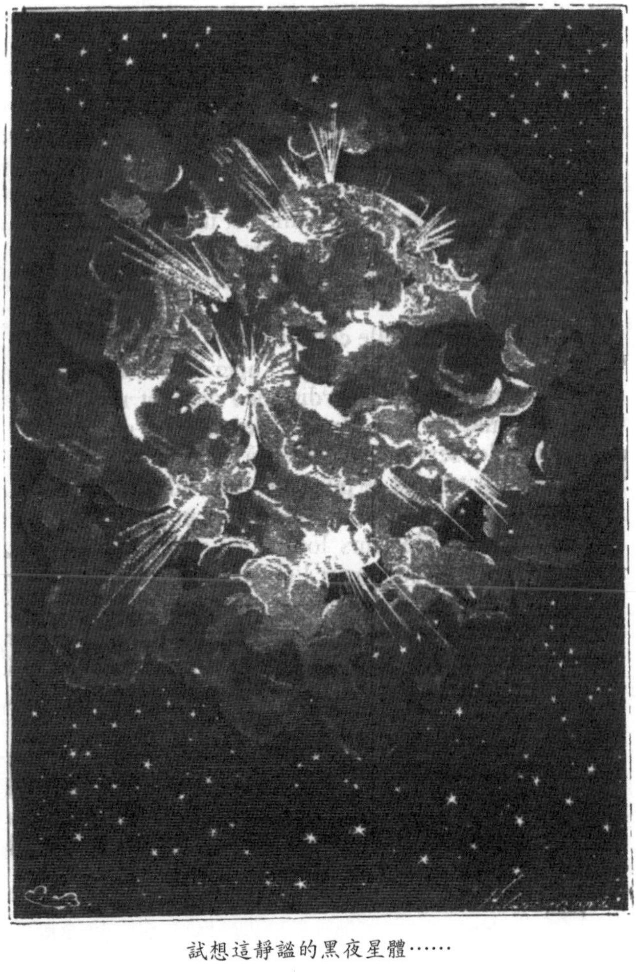

試想這靜謐的黑夜星體……

當動用所有想得到的隱喻形容這座山。第谷山在他眼裡，是燒亮的火爐，是光線散射的中心，這座火山口，噴發的是萬丈光芒！又彷彿發光的輪轂、銀色觸手緊擁月盤的海星、烈焰滿溢的巨眼，或冥王普路托頭頂的那圈光輪！猶如造物主扔出的一顆星，撞碎於月球表面！

第谷山締造如此明亮的焦點，因而儘管與地球相距十萬法里，地球居民甚至用不著望遠鏡就能觀望。可想而知，對身處一百五十法里遠處的觀測者而言，強光該有多刺眼！透過無雜質的乙太空間觀看，亮度更加令人難耐，巴比卡納與友人必須利用煤煙燻黑小型望遠鏡的鏡片，才受得了如此光照。他們觀察，安靜無語，偶爾發出幾聲讚嘆，三人目不轉睛，全神貫注，因人受到震撼的時候，往往會提起全副心力，專注應對。

第谷山與阿里斯塔克斯山及哥白尼山一樣，皆屬輻射紋系統山脈，卻是其中最完整、最清晰的，這也是月球因極端火山運動而形成的鐵證。

第谷山位於南緯四十三度、東經十二度。中心盤據一座寬八十七公里的火山口，略呈橢圓形，受環形山壁包圍，山壁外側東西兩方，五千公尺高處，還有一大片平原，這些雪白山峰環繞著中心點，如頂著一頭亮澤秀髮。

這座非比尋常的高山，是由許多高地丘陵聚攏而成，火山口內多處隆起，卻不曾留下照片存檔。由於滿月時，第谷山跟著大放光明，導致陰影盡失，山景細節隱蔽不見，拍出的照片花白模糊，而這塊特殊區域又非得透過精密的影像拍攝才能一探究竟。此區僅見由坑洞、火山口、圈谷、交疊錯綜的山脊群，在疙疙瘩瘩的地表形成一望無際的火山網絡，至於中心保留最初岩漿爆發翻騰的形狀也不難理解，主因是冷卻凝固，這才得以留存早期月球受深成力量影響呈現的樣貌。

旅人們與第谷環形山主峰相距不甚遠，得以觀察記錄重要細節。山脈坐落於形成第谷山溝壑的土堤上，緊貼兩側，重巒疊嶂，如一座大型平臺。西邊山地較東邊高三至四百英尺，地球上任何紮營方式都不能與這天然防禦工事相比擬，建造於環形洞穴底部的城市，絕對無法攻破。

不僅攻不破，座落之處秀麗峰谷起伏更迭，令人嘆爲觀止。其實大自然賦予火山口底部的並非單調空洞，其擁有特殊的山岳形貌，山陵系統自成一家。三位旅客可清楚辨識火山錐、置中的丘陵、明顯的地形變化，渾然天成，可謂月球建築之經典。那頭規劃爲神殿廣場，這頭設置市場；此處出現皇宮地基，另一處是城堡高臺，俯視全景的則是高一千五百英尺的中央大山，環形範圍之廣，可供建造十倍大的古羅馬城！

「啊！」眼前景象令米歇勒．阿爾當興奮大叫，「這群山環抱之處可建造多大的城池呀！成爲寧靜的市鎮、平和的棲身之所、擺脫一切人類苦難的地方！所有憤世嫉俗、仇恨人類、厭惡社會生活者，皆可來此過著與世隔絕的清靜日子！」

「全部都來！那這兒恐怕太小了！」巴比卡納只丟回這句話。

第十八章　重要的問題

這時候，炮彈越過第谷山壁，巴比卡納和兩位朋友聚精會神觀察這座名山上四散遍布的奇特光紋。

那圈明亮光環是什麼？是何種地質現象造就這一頭閃亮秀髮？巴比卡納想必正為此傷腦筋中。

原來，映入眼簾的是一道道兩側隆起、中間低凹的溝紋，朝四面八方延伸，有些寬二十公里，有些寬五十公里。這些明亮的溝紋一路蔓延至第谷山三百法里外處，分布在東方、東北方及北方，簡直覆蓋了大半個南半球。其中一條亮紋延展直達位於經線四十度的奈翁德圈谷，還有一條涵蓋範圍更大，縱橫於酒海之上，止於庇里牛斯山脈，全程長四百法里。其餘則朝西行，為雲海及情緒海掩上一層亮網。

這些出現於平原及高地的明亮線條成因為何？又能延伸多高？它們全都源自同一中心，皆從第谷火山口噴發，赫雪爾主張溝紋就像古熔岩流，受冷凝固，所以才會發亮，卻未被採納。其他天文學家則將這些難解的紋路視爲各種冰磧、成排形狀不一的冰塊，認爲都是第谷山形成時噴發出來的。

「爲何不是？」尼修勒詢問著提出各種觀點又一一否定的巴比卡納。

「因爲這些亮紋的形態規律，又具備能將火山物質送離這麼遠的力量，這都叫人說不出道理。」

「怎麼會，」米歇勒·阿爾當答腔，「我覺得解釋光紋成因很簡單。」

「眞的嗎？」巴比卡納問。

「眞的，」米歇勒表示，「就解釋成一種巨大的星狀裂痕，像玻璃窗被球或石頭砸到那樣！」

「很好！」巴比卡納笑問，「但什麼手力氣這麼大，能拿石頭把月球砸成這樣？」

「用不著什麼手，」米歇勒沒被難倒，答道，「至於石頭，姑且當是彗星吧！」

「啊！彗星！」巴比卡納直呼，「又是彗星！勇敢的米歇勒，解釋得不錯，但你的彗星派不上用場，因爲造成裂痕的撞擊應該來自星體內部，月球地殼遇冷劇烈收縮，足以壓印出如此巨大的星狀裂痕。」

「集中火力收縮，很像月球拉肚子。」米歇勒·阿爾當答道。

「再提一點，」巴比卡納接著說，「這是英國學者納斯密斯的看法，我認爲足以解釋這

很像月球拉肚子

些山脈的光紋現象。」

「這位納斯密斯倒不笨！」米歇勒回應。

旅客們欣賞壯麗的第谷山，奇景美不勝收，百看不厭。炮彈同受太陽與月球散發的光芒照射，猶如一顆熾熱的天體，三人也因此從嚴寒驟感酷熱，大自然大概準備訓練他們成爲月球人。

成爲月球人！這念頭令人再次想起月球適居性的問題。三位旅人能根據所見所聞提出解答嗎？能做出贊成或反對的定論嗎？米歇勒·阿爾當催促兩位朋友發表意見，直問他們是否認爲動物與人類將重生於月球世界。

「我覺得不難回答，」巴比卡納說，「但不該如此問法，應換個方式問。」

「請說。」米歇勒答。

「就是，」巴比卡納道，「這問題具兩層面，故也有兩個答案：月球能住人嗎？月球住過人嗎？」

「很好，」尼修勒回應，「先研究月球能否住人。」

「說眞的，我毫無頭緒。」米歇勒答。

「我的答案是否定的。」巴比卡納表示。「以月球現況而言，大氣層確實非常稀薄、海洋普遍乾涸、水分不足、植物生存條件受限、冷熱交替突然、晝夜分別長達三百五十四小時，所以我認爲月球不適合居住，一如我們所知，此地缺乏生存所需要件，不利動物發展。」

「同意，」尼修勒回答，「但也不適合與我們構造相異的生物住嗎？」

「這問題更難了，」巴比卡納直言，「但我會試著回答，不過得先問問尼修勒是否認爲無論生理構造爲何，會動的才叫生物？」

「毫無疑問。」尼修勒答。

「好的，可敬的夥伴，我這麼答好了，我們曾經在離月球頂多五百公尺處觀測，卻從沒見過月表出現會動的物體，若存在任何人類，理應留有占據各種建築、甚至廢墟的痕跡，然而，我們看到什麼？到處都是、也總是出自大自然的地理工程，毫無人造工事。如果月球存在動物，牠們應該會躲進深不見底的洞穴，但這點我也無法認同，因爲再怎麼樣，牠們也該在可能覆蓋氣層的平原留下些許足跡，我們卻又絲毫未見，所以，關於會動的物種只剩一項假設，即外來物！」

「也就是沒有生命的物體。」米歇勒應聲。

「完全正確，」巴比卡納答，「對我們來說不具任何意義。」

「那我們可以提出定論了。」米歇勒道。

「對。」尼修勒附和。

「好，」米歐勒．阿爾當接著說，「科學委員會於大炮俱樂部之炮彈內召開會議，就觀測所得之新事實提出論據後，針對月球目前可否居住之問題，一致決議：否定，月球不能居住。」

巴比卡納主席在筆記本寫下此決議，標註爲十二月六日之會議記錄。

「現在，」尼修勒說，「來解決第二個問題，此可補足第一個問題，不可忽略。我向權威的委員會提問——如果月球不能住人，那麼曾有人住過嗎？」

「請巴比卡納公民發言。」米歐勒．阿爾當道。

「朋友們，」巴比卡納答，「本人並非等到這趟旅行啟程才提出關於月球過去是否有人居住的想法，更深入地說，我們親身觀察的結果獨獨可支持我的論點。我相信，甚至肯定，月球曾住過生理構造與我們相同的人類物種，他們養殖過的動物，就解剖學看來，與地球的一樣。但也得申明，這些人種或動物早已消失，永遠滅絕了！」

「那所以，」米歐勒問，「月球是比地球還古老的世界？」

「不是，」巴比卡納肯定答道，「只不過老得較快，形成與形變也快得多，相對地，月球內部物質的組成力量也遠比地球的強大，這點，憑月球表面龜裂皺褶、千瘡百孔、凸隆層疊的現貌，大可應證。月球與地球起初都只是氣團，在各種作用下由氣態轉化液態，之後才成爲固體。百分之百確定的是，我們的星球尚處於氣態或液態時，月球已因冷卻凝結爲固體，成爲居住地。」

「我相信這個說法。」尼修勒表示。

「那時，」巴比卡納說，「氣層環繞月球，水分被氣體吸收，不會蒸發，在空氣、水分、光、陽光熱能，與月球中心熱能的影響下，植物登上願意接納它們的洲陸，生命必定出現在這時期，因爲大自然不做白工，如此適宜居住的世界就該有人來住。」

「不過，」尼修勒回應，「咱們衛星好些既有的運動現象應該會有礙植物及動物生存繁衍，像是晝夜分別長達三百五十四小時？」

「地球南北極，」米歇勒開口，「可是持續六個月！」

「這論據沒什麼參考價值，因爲兩極沒住人。」

「請注意，朋友們，」巴比卡納再說，「也許，月球目前是因長夜與長晝造成生物無法忍受的溫差，但古早時期並非如此，當時氣層如一件液態斗篷般包覆月球表面，水蒸氣轉變爲雲，這片天然屏幕削弱了日光熱度，控制夜間光照，光與熱得以藉由空氣發散。如今，該氣層幾乎消失殆盡，各種作用間也失去平衡。還教兩位吃驚的是……」

「洗耳恭聽。」米歇勒．阿爾當開口。

「我一直認爲月球能住人的時期，晝夜並未長達三百五十四小時！」

「爲什麼？」尼修勒追問。

「因為，當時月球自轉與公轉運動很可能不一致，兩者一致時，月面上任一點受陽光照射時間才會同為十五天。」

「同意，」尼修勒應道，「但既然現在兩者一致，為何當時不一致？」

「因為能否一致必須取決於地球引力。然而，誰說地球還只是流體時，引力就強到足以改變月球運動？」

「其實，」尼修勒回應，「誰說月球一直是地球衛星？」

「誰又說，」米歇勒．阿爾當高聲道，「地球出現前月球還沒出現？」

想像力馳騁於不設限的假說原野，巴比卡納決定收繩勒馬。

「都是些無解問題，」他表示，「也扯得太遠，不必再議。僅先假定地球初期引力不夠大，故月球自轉與公轉運動不一致，所以其晝夜長度與地球相當。另外，即使不具這些條件，生命仍可能存在。」

「因此，」米歇勒．阿爾當問，「人類已從月球上消失了嗎？」

「對，」巴比卡納答，「可能生存了幾千世紀，之後氣層逐漸稀薄，月球變冷，不再適合居住，地球早晚也將如此。」

「因為寒冷嗎？」

「應該是，」巴比卡納應道，「隨著月球內的火焰熄滅，燒熱的物質將聚集堆積，月殼越來越冷。此現象發展到最後，就是動物及植物逐漸消失，隨後氣層轉爲稀薄，很可能是被地球引力吸走，呼吸的空氣沒了，水分也蒸發光了，這時期的月球不宜居住，也再無人住，變成今日我們所見的死寂世界。」

「你說地球也將面臨同樣命運？」

「極爲可能。」

「何時？」

「等地殼冷到無法住人時。」

「有人估算過咱們不幸的地球冷卻的時間嗎？」

「應該有。」

「你知道數據？」

「當然。」

「那就快說，討厭的學者，」米歇勒·阿爾當嚷著，「我快失去耐性了！」

「好吧，勇敢的米歇勒，」巴比卡納不慌不忙答道，「我們知道每隔一世紀地球的降溫幅度，根據某些估計值，地球均溫將於四十萬年後降至零度！」

「四十萬年！」米歇勒驚呼，「啊！鬆一口氣！我剛才眞的嚇到了！聽你說的，我還以爲我們頂多剩五萬年好活！」

巴比卡納和尼修勒聽了同伴的擔憂，忍俊不禁。接著，尼修勒為求結論，重提方才討論的第二道問題。

「月球住過人嗎？」他問。

答案是肯定的，一致同意。

雖然討論結果概括學界對此問題的普遍觀點，但討論過程中，許多理論仍不太有把握。炮彈正快速朝月球赤道前進，一直與月表保持固定距離。炮彈行經四十度緯線的威廉圈谷，彼此相距八百公里，之後越過三十度線，右邊正是皮塔圖斯圈谷；又自雲海南側一路行往北側，在滿月的皎潔白光下，隱約可見多座圈谷，如形狀幾近方形、中央具火山口的布尤圈谷及普巴赫圈谷，接著是阿爾扎赫爾圈谷，其內側高山光彩奪目之美，無法言喻。

終於，炮彈越走越遠，山景輪廓逐漸淡出三位旅客視線，遠處山脈朦朧一片，這顆地球衛星一切綺麗、奇特、詭譎即將消逝，徒留永誌難忘的回憶。

第十九章　挑戰不可能

好長一段時間，巴比卡納與夥伴只是靜默沉思，如摩西遙望迦南地般，遠遠凝視著月世界。他們已遠離月球，再也不會回去了。而現在，炮彈相對月球的方向有所改變，底部轉向地球。

發覺該現象的巴比卡納不免驚訝，若炮彈必須依橢圓形軌道環繞月球運行，爲何不似月球環繞地球般，是較重的部分轉向月球？這點令人不解。

觀察炮彈運行即可發現，其遠離月球時走的曲線路徑，與接近月球時走的十分類似，因此，這是一圈拉得很長的橢圓，極可能延伸至地球與其衛星引力相互抵銷的引力平衡點。

這是巴比卡納依觀測事實按步做出的推論，他相信兩位朋友也會贊同。

結果一說完，問題多如雨下。

「抵達該平衡點時，我們將如何？」米歇勒．阿爾當問。

「這是未知數！」巴比卡納答。

「我想總能設想幾種結果吧？」

「兩種，」巴比卡納回應，「要不炮彈速度不夠，於是永遠停留在兩道引力線上……」

「我寧願是另一種結果，無論是什麼。」米歇勒接口。

「或者速度過快，」巴比卡納繼續說，「則將沿著橢圓路徑，永遠環繞月球。」

「公轉聽來沒比較好，」米歇勒道，「我們準備變成卑微的僕人，而且主人還是一向被我們視爲女僕的月球！這就是咱們的下場。」

巴比卡納和尼修勒都沒回應。

「怎麼不吭聲？」米歇勒急著問。

「因爲無話可答。」尼修勒開口。

「難道一點辦法也沒有？」

「沒有。」巴比卡納應聲。「你打算挑戰不可能嗎？」

「有何不可？難道要一個法國人與兩個美國人一起向不可能三個字屈服嗎？」

「但你打算怎麼做？」

「主導牽著我們走的運動方式。」

「主導？」

「對，」米歇勒激動地說，「控制或改變，最後達成我們的計畫。」

「怎麼做？」

「那就得看您了！炮兵如果管不住炮彈，就不配爲炮兵！若炮兵受炮彈控制，炮兵就該被塞入炮管！哎呀，了不起的學者！引誘我同行後，現在卻不知如何是好……」

「引誘！」巴比卡納和尼修勒直吼，「引誘！你這話什麼意思？」

「別開罵！」米歇勒說，「我不是抱怨！我很樂意閒逛這一趟！炮彈也很好！但即使沒降落月球，也該盡人事，想辦法找個地方降落呀。」

「我們也想這樣，好米歇勒，」巴比卡納回答，「卻無計可施。」

「不能改變炮彈運行方向嗎？」

「不能。」

「也不能降速？」

「不能。」

「連像船隻過重、減少負載那樣子減輕炮彈重量都不行？」

「你想扔什麼？」尼修勒應道，「我們沒有壓艙物，此外，減輕負重後的炮彈怕走得更快。」

「應該更慢。」米歇勒表示。

「應該更快。」尼修勒反駁。

「不會更快，也不會更慢，」巴比卡納出聲調解，「因爲我們於眞空浮動，用不著考慮物體自身重量。」

「好，」米歇勒．阿爾當高聲決斷，「那只剩一件事可做。」

「何事？」尼修勒問。

「吃早餐！」勇敢的法國人答腔，氣定神閒，每逢棘手困境，他總搬出這個辦法。

其實，該策略對炮彈方向應該不會產生任何影響，大可放手一搏，對腸胃來說更是好主意，這個米歇勒果眞是點子王。

於是三人在凌晨兩點用起餐來，不過幾點鐘其實不太重要。米歇勒端出例菜，外加從私人密窖取出的佳釀，若還逼不出一點想法來，這一八六三年分的香貝丹酒也太令人失望。

用餐完畢，三人又開始觀測。

先前拋出的物體一路跟隨，與炮彈的距離始終未變。顯然炮彈環繞月球運行時並未穿越任何氣層，否則這些物體將依各自重量改變路線。

地球那邊什麼也看不見，昨天午夜地球進入新地期，剛過了一天，再兩天才見得到地牙顯光。這簡直可充當月球人的時鐘，因爲地球自轉過程裡，球面任一點經過月球子午線後，再轉回來得花二十四小時。

而月球這方，景色全異，皓月當空，即便繁星熠熠，仍難掩皎潔光輝。月球表面的平原

先前拋出的物體一路跟隨

色調灰暗，與地球上望見的相同，其他區域則保持明亮，在一片光輝燦爛中，第谷山仍舊清晰可辨，宛如驕陽。

巴比卡納實在無從估計炮彈速度，只能依力學原理判斷，速度應該正規律地下滑中。事實上，若確定炮彈按一軌道繞行月球，則此軌道必爲橢圓形，學理上是這麼認定的，凡受天體吸引產生的繞行運動必遵從此法則。宇宙間如衛星繞行行星、行星繞行太陽、太陽繞行某個未知的引力中心等所有軌道，皆呈橢圓形。所以大炮俱樂部的炮彈又怎能規避這條自然定律？

因吸引他者的天體必定位於這些橢圓面的中心點，導致衛星距離它繞行的星體時近時遠。地球離太陽最近時，即來到近日點，遠日點就是離太陽最遠的地方。至於月球，離地球最近處，稱近地點；最遠處，即遠地點。爲了豐富天文語言，萬一炮彈成爲月球衛星，以此類推，則離月球最遠處爲「遠月點」，最近處爲「近月點」。

再者，至近月點時，炮彈速度應達最快，在遠月點時最慢。目前顯然正朝遠月點邁進，因此巴比卡納推測，隨著炮彈速度一路放慢，萬一遠月點恰巧與引力平衡點重疊，甚至有完全失去速度的可能。

巴比卡納正研究各種情境可能衍生的結果，試著提出對策時，卻被米歇勒·阿爾當的驚呼硬生生打斷。

「對啦！」米歇勒嚷道，「咱們眞該承認自己是十足的笨蛋！」

「我不反對，」巴比卡納回答，「但爲什麼？」

「因爲我們有個非常簡單的方法可以放慢遠離月球的速度，但我們竟沒使用！」

「什麼方法？」

「利用艙內火箭的後座力。」

「也對！」尼修勒開口。

「我們的確還沒利用到，」巴比卡納表示，「但我們會用到的。」

「什麼時候？」米歇勒問。

「等時機成熟。朋友們，請留意目前炮彈的位置，仍傾斜於月球表面，而火箭讓炮彈改變方向的同時，將使它更遠離、而非靠近月球，但兩位不是一心想登月嗎？」

「當然。」米歇勒答。

「那請稍待片刻，炮彈正因莫名作用，致使底部轉向地球，很可能在我們抵達引力平衡點時，錐頂剛好正對月球。屆時，速度可望爲零，即可採取行動，藉由火箭衝力，我們或許能直接降落月球表面。」

「太好了！」米歇勒高呼。

「之前沒這麼做，甚至第一次行經平衡點時也沒執行，是因炮彈速度還太快。」

「很合理。」尼修勒表示。

「稍安勿躁，」巴比卡納說，「咱們伺機而動，原已徹底死心，現在我又開始相信能抵達目的地！」

這結語引得米歇勒．阿爾當喝采歡呼，三位勇敢狂人全忘了自己剛剛才解決並同聲否定的議題：不！月球沒住過人，不，月球不可能居住！儘管如此，他們仍千方百計力求登月！

現在只剩一個問題得解決：炮彈何時會確切抵達旅客們準備孤注一擲的引力平衡點？巴比卡納憑旅行筆記，查出炮彈位於月球各緯線上的高度，幾秒鐘內即算出抵達時刻。因為南北極到平衡點的距離一致，行駛時間也相等，既有航程時點的詳細記錄，計算自然容易。

巴比卡納算出炮彈將於十二月八日凌晨一點抵達，現在是十二月七日凌晨三點，因此，如果沒出什麼意外，炮彈應於二十二小時後到達預定地點。

火箭原本是裝來減緩炮彈降落月球的衝擊，如今卻被三位勇士用來產生完全相反的效應。無論如何，火箭已備妥，只等時候一到，即刻點火發射。

「既然現在無事可做，」尼修勒開口，「我有個建議。」

「什麼？」巴比卡納問。

「我建議睡個覺。」

「什麼！」米歇勒．阿爾當驚呼。

「我們已經四十小時沒闔眼，」尼修勒說，「睡幾小時能讓我們精神大振。」

「我才不睡。」米歇勒反對。

「好，」尼修勒回嘴，「各行其是！我可要睡了！」

尼修勒躺上沙發，隨即鼾聲大作，猶如一顆四十八釐米炮彈的炮聲。

「這個尼修勒所言甚是，」巴比卡納立刻說，「我決定學他。」

沒多久，他拖長的低音已與船長的中高音此起彼落。

「看來，」米歇勒．阿爾當見剩自己醒著，不禁自語，「這些人平常一板一眼，偶爾也知變通。」

米歇勒伸直雙腿，頭枕著雙臂，換他入睡。

但三人心事重重，睡不久也睡不安穩，幾小時後，約莫早上七點，他們同時起身。

炮彈持續遠離月球，錐頂越來越偏向月球，這現象仍舊無解，還好這有利於巴比卡納的計畫。

還有十七小時就要行動了。

這一天特別漫長。無論三名旅人多麼英勇，隨著即將面臨降落月球或永遠繞行的對決時刻，情緒難免激動。他們數著鐘點，覺得度日如年，巴比卡納和尼修勒埋頭苦算，米歇勒則

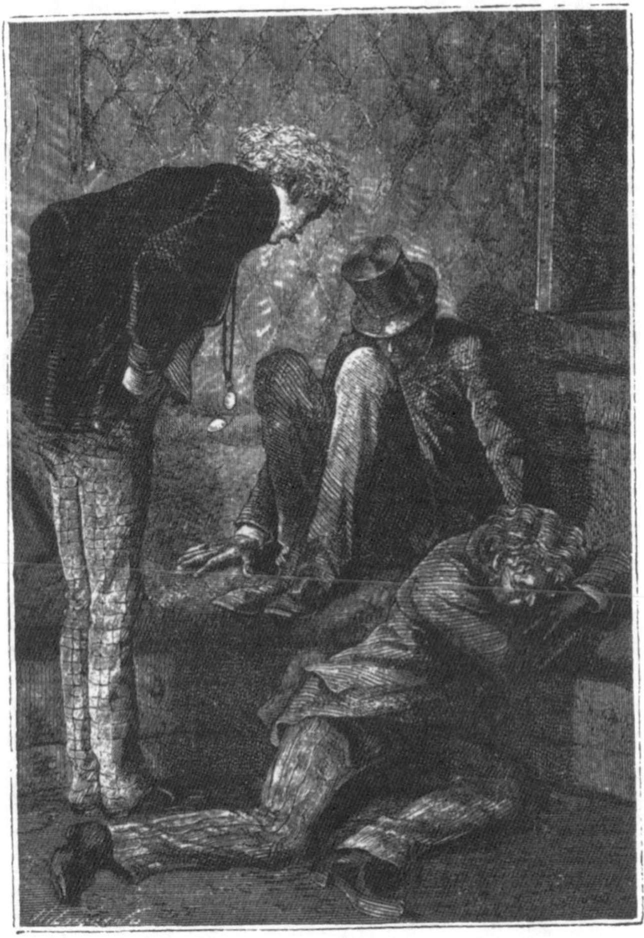

這些人平常一板一眼……

在狹窄艙室走來走去，虎視眈眈盯著沉靜的月球。

有時，地球生活的回憶會快速閃過他們腦海，想起大炮俱樂部的友人及最親愛的馬斯通。此刻，可敬的祕書大概正堅守落磯山的崗位，若他從大型望遠鏡鏡面發現炮彈身影，他會怎麼想呢？先看見炮彈隱沒月球南極，又目睹它現身北極！所以，炮彈變成衛星的衛星了！馬斯通會不會告訴全世界這意外消息？難道這場偉大試驗當眞這麼收尾？……

然而，一天過去了，安然無事，地球上的午夜來臨，十二月八日已然展開，再一小時，即將抵達引力平衡點。炮彈現在速度如何？無從估算。但巴比卡納的數據絕無差池，凌晨一點，速度理應且必然爲零。

此外，另有一個現象也可用來辨識炮彈已抵達中心線。一旦抵達，地球與月球引力相互抵消，物體也不再具有重量。這個在來程時，曾令巴比卡納與夥伴震撼驚奇的難得體驗，稍後於同樣條件下，應會再發生一次。而發生當下，即爲行動時機。

炮彈錐頂已明顯轉向月球表面，炮彈所處方位正好使火箭推進產生的後座力效果發揮到最大。好運站在三位旅客這邊，若炮彈抵達引力平衡點時，速度確實降至零，一個關鍵動作就足以將它推向月球，力量再小都能順利降落。

「十二點五十五分。」尼修勒開口。

「一切就緒。」米歇勒・阿爾當邊回答，邊將備妥的引線伸向煤氣燈火源。

「等等。」巴比卡納拿著航行錶說。

這時，重力突然失效，旅客們亦感到自身重量全然消失，即使還沒到平衡點，也離非常近了！……

「一點了！」巴比卡納道。

米歇勒．阿爾當將點燃的引線湊近一條連接火箭的火線，因外頭缺少空氣，故炮彈內沒聽到任何爆炸聲，巴比卡納從舷窗看到一串爆炸產生的火光，又很快熄滅。

炮彈內部明顯感到一下震動。

三位朋友望著彼此，屏氣凝神，仔細聆聽，現場安靜到能聽見心跳聲。

「我們正下降嗎？」米歇勒．阿爾當終於發問。

「沒有，」尼修勒答，「因爲炮彈底部並未轉向月球！」

這時，巴比卡納退離窗邊，轉身面向同伴，他臉色慘白、眉頭深鎖、雙唇緊閉。

「我們是在下降！」他說。

「啊！」米歇勒．阿爾當直呼，「往月球嗎？」

「往地球！」巴比卡納答道。

「可惡！」米歇勒．阿爾當大叫，接著又超然直言，「也罷！打從走進炮彈，就料到沒那麼容易離開！」

一點了！

可怕的下墜已然開始，炮彈被自身速度帶往平衡點另一邊，即使引燃火箭也拉不回來；同樣的速度在來程時送炮彈越過中線，如今再將它送回。物理法則將讓炮彈按橢圓軌道原路折返。

自七萬八千法里高處摔落著實駭人，而且這趟沒有彈簧緩衝。根據彈道學，炮彈將會以哥倫比亞大炮射出當下的速度撞擊地球，即秒速一萬六千公尺！

若比擬類似數據，有人算過，從僅兩百英尺高的聖母院塔頂拋下物體，該物將以時速一百二十法里落地。故從炮彈目前位置起算，可能會以每小時五萬七千六百法里的速度撞上地球。

「我們完了。」尼修勒冷靜地說。

「很好，如果我們死了，」巴比卡納以狂熱信徒的口吻答道，「這趟旅程的成就將大有進展！上帝可直接向我們透露祕密！在另一個世界，靈魂用不著機器和引擎，即可通古博今！靈魂將與眞理合而爲一！」

「的確，」米歇勒．阿爾當附和，「以名爲月球的渺小星體換來一整個世界，咱們大可釋懷了！」

巴比卡納雙手盤胸，擺出一副從容就義之姿。

「但憑天意吧！」他說。

第二十章　薩斯奎哈納號的探測工程

「好，中尉，測量工作如何？」

「我想已接近尾聲，先生，」伯朗斯菲德中尉回答，「倒是誰料想得到僅離美洲海岸一百多法里近的水域竟這麼深？」

「其實，伯朗斯菲德，這兒海底地勢深陷，」布倫斯貝里艦長道，「剛好有道被洪堡德海流沖鑿出的海谷，自美洲海岸一路延伸至麥哲倫海峽。」

「但深度太深，」中尉表示，「不太適合鋪設電纜，平坦高地最佳，例如瓦倫西亞灣至紐芬蘭島那段美國電纜。」

「我同意，伯朗斯菲德，那麼中尉，如蒙同意，請告知我們現在進行到哪兒？」

「先生，」伯朗斯菲德答道，「目前探繩已放至兩萬一千五百英尺之外，探測器的牽引彈尚未觸及海底，如果到了，探測器會自己浮上來。」

「這台布魯克機是精密儀器，」布倫斯貝里艦長表示，「必能取得十分精確的數據。」

「碰到海底了。」這時，船頭一位負責監工的舵手大叫。
艦長及中尉走上船艄甲板。
「水深多少？」艦長問。
「兩萬一千七百六十二英尺。」中尉答，一邊在筆記本寫下數值。
「很好，伯朗斯菲德，」艦長說，「我再把探測結果寫上地圖，先把探測器拉上船吧，又是好幾小時的工作，這期間，工程師會替鍋爐生火，等你們工作結束，隨時準備啟航。現在是晚上十點，中尉，如蒙同意，我便先行就寢。」
「去睡吧，先生，去睡吧！」伯朗斯菲德中尉客氣地說。
薩斯奎哈納號艦長，爲人勇敢正直，是旗下軍官最謙遜的僕人，他回到船艙裡，喝下一杯摻水的白蘭地，對主廚讚不絕口，睡前還不忘頌揚傭人的鋪床技巧才安然入睡。
這時正值晚上十點。十二月的第十一天即將於綺麗夜色間劃下句點。
薩斯奎哈納號是輕巡航艦，五百馬力，隸屬美國國家海軍，正在新墨西哥海岸一處狹長半島附近，距美洲海岸約一百多法里遠的太平洋上執行探測任務。
風勢漸弱，氣層不再受擾，輕巡航艦的旗幟停止飄動，安分地懸掛桅杆。
強納森·布倫斯貝里艦長與大炮俱樂部最熱情的成員布倫斯貝里上校是堂兄弟——上校太太出身歐希畢登家族，是艦長的姑姑、盤商大亨肯德基的女兒。好天氣難求，布倫斯貝里艦長順利完成講究精密的測量工程，巡航艦甚至沒遇上先前吹散洛磯山脈上頭積雨雲、好令人觀測那顆知名炮彈運行的暴風雨。一切順心如意，他也不忘秉持長老派教徒的虔誠感謝上帝。

薩斯奎哈納號進行一系列探測的目的，在於尋找海底最適合的地點，以利建置連通夏威夷群島及美洲海岸的電纜。

這是由一家實力雄厚的企業發起的大型計畫，企業主賽勒斯．菲爾德[1]精明能幹，甚至打算搭建覆蓋大洋洲全數群島的龐大電網，此案規模至鉅，十足的美國精神。

薩斯奎哈納號受託前期探測工程，十二月十一日跨十二日夜間，巡航艦正位於北緯二十七度七分、華盛頓子午線之西經四十一度三十七分[2]。

這時，進入下弦期的月亮剛從地平線升起。

布倫斯貝里艦長離開後，伯朗斯菲德中尉和幾位軍官一起待在後甲板，月亮甫現身，眾人心思隨即轉往這顆受整個北半球關注的星球。雖然連海軍性能最佳的望遠鏡也找不著繞行半個月球的炮彈，所有望遠鏡仍瞄準皎潔月盤不放，成千上百萬雙眼睛同步緊盯。

「他們出發十天了，」伯朗斯菲德中尉開口，「不知現在如何？」

「已經到了，中尉，」一名年輕少尉大聲說，「就像其他旅客造訪陌生國家會做的一樣，他們閒逛去了。」

「既然你這麼說，我便認定如此，小老弟。」伯朗斯菲德中尉笑答。

「不過，」另一位軍官接話，「是該相信他們已到，炮彈理應在五日午夜滿月時分抵達，今天是十二月十一日，都過六天了，六天乘以二十四小時，加上光照無虞，應有時間安頓妥當。我彷彿看到咱們勇敢的同胞在月球某座深谷溪邊紮營，旁邊就是降落時半身陷入火山碎屑的炮彈，尼修勒船長已著手於水準測量[3]，巴比卡納主席正謄寫彙整旅行筆記，米歇勒．阿爾當則抽起倫敦雪茄，薰香寂靜的月球……」

「對，應該是，就是這樣！」年輕少尉直呼，為上司貼切的描述捧腹不已。

「但願如此，」伯朗斯菲德中尉淡然答道，「不幸的是，我們一直無法直接與月球世界聯繫。」

「抱歉，中尉，」少尉說，「但巴比卡納主席不能用寫的嗎？」

此話一出，笑聲此起彼落。

「不是指寫信，」年輕人連忙澄清，「畢竟雙方郵局完全不通。」

---

1 賽勒斯．菲爾德（Cyrus West Field, 1819-1892）：美國企業家，於一八五八年鋪設第一條橫跨大西洋的電纜。

2（原註）恰為巴黎子午線之西經一百一十九度五十五分。

3 水準測量：一種使用水準儀和水準尺測量地面點高程的技術。

我彷彿看到……

「所以是電報局？」其中一位軍官調侃地問。

「更不可能，」少尉面不改色答道，「但的確可以輕易與地球進行圖像溝通。」

「怎麼做？」

「利用朗斯峰的望遠鏡。各位知道，這座望遠鏡可以將月球與落磯山的距離縮短至兩法里，能看清月球表面直徑九英尺以上的物體。如此，咱們聰慧的朋友把字寫大一點就行了！但願他們寫得出高三托瓦茲、長一法里的字句，便可傳訊給我們了！」

眾人給年輕少尉熱烈掌聲，他倒是頗有想像力，伯朗斯菲德中尉也覺得具可行性。他接著說，也可透過拋物面鏡傳射光束，直接與地球溝通。其實，地球早已觀測到金星及火星表面，甚或海王星都曾發出這種光束；最後他表示從鄰近行星觀察到的亮點，說不定就是打給地球的信號。他還提醒，雖然能藉此接收月球世界的訊息，卻無法回傳給月球，除非月球人也有專門進行遠距離觀測的儀器設備。

「的確，」一名軍官回應，「但我們更關切三位旅人的現況、行動及見聞。況且，若探路成功，這點我深信不疑，後續必將再度前往。哥倫比亞大炮常駐佛羅里達地底，只差炮彈及火藥，每逢月球通過天頂，就能送一批旅客上去。」

「看樣子，」伯朗斯菲德中尉開口，「馬斯通過幾天就要去找他朋友了。」

「若他需要我，」少尉大聲說，「我準備一起去。」

「喔！感興趣的人比比皆是，」伯朗斯菲德答腔，「萬一眞這麼下去，沒多久地球大半居民都遷居月球啦！」

薩斯奎哈納號的軍官一路聊到約莫凌晨一點，這群勇士提出的撼人之舉、驚世之論，多到講不清。自巴比卡納嘗試登月以來，對美國人來說，似乎再沒什麼做不到的事，他們已經計畫不只送一個科學委員會過去，而是整批移民登陸，甚至派遣一支步兵、炮兵、騎兵共組的軍隊攻占月球世界。

凌晨一點鐘，探測器還沒拉回，還剩一萬英尺的纜繩，需要數小時才能結束。遵照艦長命令，鍋爐已升火，並開始加壓，薩斯奎哈納號隨時可啟航。

就在凌晨一點十七分，伯朗斯菲德中尉正準備交班回艙房時，遠處一聲突如其來的呼嘯，引得他留步。

起初他和其他同袍以爲是哪裡漏氣發出的聲音，抬頭一看才察覺聲響來自遠在天邊的大氣層。

眾人還不及探詢，呼嘯聲已震耳欲聾，突然一陣眩目，天空冒出一顆因高速磨擦氣層，正熊熊燃燒的巨大火流星。

眼見這團火球越來越大，隨即撞上巡航艦船艏斜桅，轟如雷鳴，艏柱齊根斷裂，接著一聲巨響，摔沉入波濤浪潮！

再偏個幾英尺，薩斯奎哈納號恐怕就連人帶船沉落大海。

這時，衣服只穿妥一半的布倫斯貝里艦長奔上船艄甲板，軍官全趕到他身邊。

「各位先生，如蒙同意，請告訴我發生什麼事了？」他問。

少尉高聲說出大家心裡的話：

「艦長，『他們』回來了！」

再偏個幾英尺……

第二十一章　呼叫馬斯通

薩斯奎哈納號上，眾人情緒激動，軍官及船員們忘了方才恐遭擊碎、沉沒海底的可怕危險，只顧著想探月之旅遇難告終，而英勇的探險家已為這場有史以來最大膽的試驗獻出性命。

「是『他們』回來了。」年輕少尉說完，大家心裡有數，人人同意這顆火流星就是大炮俱樂部的炮彈，至於關在裡面的旅客命運如何，卻莫衷一是。

「他們死了！」有人說。

「他們還活著，」另一人道，「此區水域極深，可緩衝下墜力道。」

「但缺乏空氣，」這位表示，「他們可能已經悶死了！」

「或者燒死了！」那位開口，「炮彈穿過大氣層時只見一團火紅。」

「不管啦！」眾人異口同聲，「無論死活，先撈上來再說！」

布倫斯貝里艦長於是召集軍官，經大家同意後，立刻開會討論，當機立斷，當務之急是打撈炮彈，雖難辦，但還是辦得到，只是巡航艦缺乏打撈必備的高階精密器材，因此他們決定駛往最近的港口，同時通知大炮俱樂部炮彈墜落一事。

大家一致同意這個決定，接著討論港口選定的問題，緯線二十七度附近海岸線無一處可靠岸。再往上，可遇蒙特利半島的要城蒙特利城，但該城座落於大片沙漠邊緣，無法透過電報網與內地聯繫，如今唯有靠電報才能盡速傳達這個重要消息。

再往上幾度會來到舊金山灣，從這黃金國首府聯繫合眾國中心就容易了。薩斯奎哈納號加足馬力，可在兩天內趕抵舊金山港口，所以得立刻出發。

爐火正旺，可即刻開航，探測繩還在兩千英尋深的海底，布倫斯貝里艦長不願浪費寶貴時間拉曳，決定割斷探繩。

「我們在繩尖繫上浮標，」他說，「浮標能為我們指出炮彈落下的明確地點。」

「另外，」伯朗斯菲德中尉回應，「我們也記下實際方位：北緯二十七度七分暨西經四十一度三十七分。」

「很好，伯朗斯菲德中尉，」艦長答覆，「如蒙同意，請割斷探繩。」

浮標十分堅固，又另外綁上一對帆架加強，才投入海面，繩端牢牢縛住浮標，浮標僅能隨波浮沉，絕不會漂離。

此時，工程師派人通知艦長，鍋爐壓力已足，可啟航了，艦長讓人謝過這個大好消息，即刻下令朝北北東前進。巡航艦轉向，全速航向墨西哥灣，時間是凌晨三點。

橫渡兩百二十法里，對薩斯奎哈納號這類快艇而言小事一樁，才花三十六小時便駛完全程。十二月十四日下午一點二十七分，已達墨西哥灣。

一見國家海軍軍艦飛速抵港，且船艏斜桅斷裂、前桅得靠支柱撐起，立刻引發關注，群眾蜂擁而至，集結港邊，等候艦上人員下船。

下完錨，布倫斯貝里艦長及伯朗斯菲德中尉轉乘一艘八槳小艇，小艇很快將他們送抵岸邊。

兩人跳上碼頭。

「電報局在哪兒？」他們忙著打聽，顧不得回答群眾拋來的千百個問題。

港口的軍官親自帶著他們，在好奇群眾簇擁下，前往電報局。

布倫斯貝里及伯朗斯菲德進了電報局，民眾則擠在門外。

數分鐘後，已發出電報，一式四份，分別傳至：一、華盛頓海軍祕書長；二、巴爾的摩大炮俱樂部副主席；三、洛磯山朗斯峰可敬的馬斯通；四、麻薩諸塞劍橋天文臺副臺長。

電報內容如下：

---

1 英尋：英美長度單位，一英尋相當六英尺，約一．八二八八公尺。

十二月十二日凌晨一點十七分，北緯二十七度七分、西經四十一度三十七分，大炮俱樂部炮彈墜落太平洋。薩斯奎哈納號艦長布倫斯貝里，呈請指示。

五分鐘後，消息傳遍整座舊金山城，晚上不到六點，合眾國多數州已獲知這項重大災難；過了午夜，經電纜傳導，全歐洲都知道美國大型試驗計畫的結果。

這裡就不描述這個意外結局在世界各地引發的效應了。

接到電報後，海軍祕書長立刻發電文下令薩斯奎哈納號勿熄火，於墨西哥灣待命，無論晝夜，隨時做好出海準備。

劍橋天文臺則召開特別會議，以科學團體獨有的從容，平靜探討此案關乎科學的部分。而對大炮俱樂部而言，這是驚天動地的消息。炮兵全員到齊，可敬的威勒貢副主席，原先已明確宣讀了由馬斯通與貝勒法斯特發送、內文有欠周延的電報。這封電報宣稱剛透過朗斯峰的大型反射望遠鏡觀測到炮彈，並提及炮彈受月球引力牽引，化身太陽系的次衛星了。

關於這點，我們已知曉實情爲何。

結果這時來了布倫斯貝里的電報，與馬斯通的天差地遠。大炮俱樂部成員頓時分成兩派，一派同意炮彈墜落，帶著旅客歸來；另一派則力挺朗斯峰的觀測，認定薩斯奎哈納號艦長有誤。後者認爲，所謂墜落的炮彈不過是顆火流星，故摔落擊碎巡航艦前端的不是炮彈，而是一枚流浪的星體。只能說爭論不出結果，因爲該物體的速度快到難以辨識，薩斯奎哈納號艦長和軍官鐵定是弄錯了。然而，有個論點對他們有利，若炮彈墜落地球，落地點只會是北緯二十七度，又將地球時序與自轉運動考慮進去，經線也大約介於西經四十一及四十二度之間。

無論如何，大炮俱樂部成員取得共識，由艦長兄弟布倫斯貝里、畢勒斯比及參謀艾爾費斯頓即刻趕赴舊金山，爲打撈海底的炮彈提供建議。

這些忠貞之士隨即動身，搭乘橫貫美國的火車抵達聖路易，特快郵車已在當地等候。

可敬的馬斯通幾乎與海軍祕書長、大炮俱樂部副主席及劍橋天文臺副臺長同時收到來自舊金山的電報。他這輩子從沒這麼激動過，就算那幾乎窮盡他畢生心力的知名大炮再發射一次，也不會如此。

還記得大炮俱樂部祕書在炮彈啟程後沒多久，已趕到洛磯山脈的朗斯峰觀測站，簡直跟炮彈一樣快了。劍橋天文臺臺長、科學家貝勒法斯特隨行前往，兩位友人抵達觀測站後，隨意安頓一下，就再沒離開過大望遠鏡所在的山峰。

事實上，我們知道這架大型儀器是按英國人稱爲「前視角」的反射鏡條件所造，這種設計只會反射一次受觀測的物體，所見因此更清楚。馬斯通和貝勒法斯特是在儀器的上方（而非下方）觀測，他們必須走一段輕巧絕倫的螺旋梯登頂，觀測處下方是一座金屬材質的深坑，底部裝有金屬鏡面，深達兩百八十英尺。

兩位學者就擠在望遠鏡上方的狹窄平臺度日，白天咒罵陽光害他們看不見月亮，夜晚又抱怨雲霧硬要遮擋月球。

因此，苦等數日後的十二月十一日夜晚，兩人終於在空中發現朋友搭乘的飛行器時，是多麼開心！但隨之而來的絕望令他們採信了不完整的觀測結果，向全世界發出首封電報，誤判炮彈成爲月球衛星，將永遠繞行固定軌道。

之後，他們就不曾見過炮彈現身。若是說失去蹤影倒還過得去，因爲炮彈可能正行經月球看不見的那面，但該返回看得見的這面時，炮彈卻沒出現。可想而知，性急如火的馬斯通與沒耐性排第一的同伴是如何焦躁！入夜每一分鐘，他們都以爲看見炮彈，卻始終未見！兩人爲此頻繁討論，激烈爭執，貝勒法斯特認爲炮彈模糊難辨，馬斯通卻堅稱「顯而易見」！

「是炮彈！」馬斯通一再強調。

「不是！」貝勒法斯特反駁，「是月球山發生雪崩！」

「好吧，明天一定能看到。」

「不會，我們再也看不到了！炮彈被拉進太空了。」

「會！」

「不會！」

這種時候，感嘆詞便如冰雹飛落，炮彈俱樂部祕書出名的火爆個性，對可敬的貝勒法斯特成了不定時炸彈。

眼看兩人快相處不下去時，一起突如其來的事件打斷沒完沒了的爭吵。

十二月十四至十五日夜晚，這對勢不兩立的朋友正忙著觀測月面，馬斯通照慣例破口大罵，學者貝勒法斯特也怒氣沖天。大炮俱樂部祕書第一千次堅稱發現了炮彈，甚至強調從其中一面舷窗看到米歇勒．阿爾當的臉，還輔以肢體動作補強說詞，可怕的鐵鉤手令人膽戰心驚。

這時是晚上十點，貝勒法斯特的僕從登上平臺，交給他一封電報，正是薩斯奎哈納號艦長那封。

貝勒法斯特撕開信封一讀，驚叫出聲。

「幹嘛！」馬斯通開口。

「炮彈！」

「怎麼了？」

「墜落地球！」

突然一聲驚呼，這次回應他的是哀號怒吼。

他轉頭看馬斯通，可憐的傢伙傾身探看金屬鏡筒，一不小心竟掉進大望遠鏡裡！摔落兩百八十英尺！驚慌失措的貝勒法斯特衝到反射鏡口。

他還活著，只見馬斯通的金屬鉤卡在固定望遠鏡軌距的支架上，連聲慘叫。

貝勒法斯特喚來助手，放下滑車，費了九牛二虎之力，才將粗心大意的大炮俱樂部祕書拖上來。

他毫髮無傷回到坑洞上頭。

「嚇！」他道，「萬一撞破鏡面可怎麼辦！」

「那您得照價賠償。」貝勒法斯特正經八百地說。

「那該死的炮彈墜落了？」馬斯通問。

「掉進太平洋！」

「快走。」

一刻鐘後，兩位學者已直奔洛磯山下，兩天後，與大炮俱樂部夥伴同時抵達舊金山，沿路累垮了五匹馬。

他們一到，艾爾費斯頓、布倫斯貝里兄弟、畢勒斯比立刻湊上前。

「怎麼辦？」他們高聲問。

「打撈炮彈，」馬斯通回應，「越快越好！」

可憐的傢伙掉了下去

第二十二章　營救

雖然確知炮彈墜海位置，但缺乏可將之抓牢並拖上海面的設備，還得先發明製造才行。這點完全難不倒美國工程師，錨鉤一但裝妥，藉蒸汽之力，無論炮彈多重，保證能拉起，何況落海的話，水的密度亦能減輕其重量。

光打撈不夠，爲保三名旅客性命，還得動作快，大家都相信他們還活著。

「當然！」馬斯通連番表示，他的信心振奮所有人，「我們的朋友智勇雙全，絕不可能像笨蛋坐以待斃，他們還活著，一定活著，只是得趕快找到他們。糧食、飲水，我倒不擔心！他們都有，也能撐一段時間！但空氣，空氣！空氣就快不夠了！所以要快，趕快！」

眾人快馬加鞭改裝薩斯奎哈納號，以利執行新任務。這艘艦艇具備可拉動拖曳鏈的強力機具，鋁製炮彈僅重一萬九千兩百五十磅，跟拖拉跨太平洋電纜比起來，炮彈輕多了。唯一難題在圓錐型的炮彈壁板光滑，不易勾抓。

爲此，工程師莫爾奇森趕到舊金山，特製一具自動大型錨鉤，強而有力的爪鉗一但勾住炮彈，絕對緊抓不放。另外也訂做了防水抗壓的潛水衣，以利潛水員搜尋海底。他還替薩斯奎哈納號安裝了設計精良的空氣壓縮艙，與一般艙室類似，嵌有舷窗，另有幾個隔間，可引進海水，助其沉落海底。舊金山就有幾台現成的，用於搭造海底水壩。實在很幸運，因為沒時間另外建造了。

然而，無論設備多完善、科學家操作多順手，仍不保證一定成功，畢竟是潛入兩萬英尺深的海底打撈炮彈，運途難測啊！再說，即便成功將炮彈帶回海面，三名旅客又如何能熬過兩萬英尺水深都可能不夠緩衝的可怕撞擊力？

總之，盡快行動就對了。馬斯通日夜催促工人趕工，他已準備穿上潛水衣，操作空氣壓縮艙，親自探查三位勇敢朋友的狀況。

儘管全體戮力不懈，趕製各種器材，合眾國政府也撥下巨款由大炮俱樂部統籌調度，仍然花了長達五天才完成行前準備，猶如五世紀那麼漫長！這段期間，輿論沸騰，世界各地的電報經電線、電纜傳輸，往來不斷，營救巴比卡納、尼修勒及米歇勒．阿爾當成了國際事件，凡曾簽借據給大炮俱樂部的人士都非常關切此次救人行動。

終於，拖曳鏈、空壓艙、自動錨鉤都裝上了薩斯奎哈納號，馬斯通、莫爾奇森工程師及大炮俱樂部幾位代表也各自進入艙房，只等著出發。

十二月二十一日晚上八點，海相平和，天候冷冽，巡航艦迎著東北風啟航，舊金山所有居民擠滿碼頭，激動卻安靜，打算將歡呼留待返航之時。

蒸汽已達最大壓力，薩斯奎哈納號的螺旋槳快速將船帶離海灣。

至於艦上軍官、船員、乘客談話內容無須多提，因所有人念想一致，心緒同爲一事起伏。前往救援期間，巴比卡納及同伴在做什麼呢？處境如何？是否試圖冒險脫困？誰也無法回答。說眞的，任何辦法都會失敗吧！這座金屬監獄，沉入快兩法里深的汪洋，囚犯確實無能爲力啊！

全速前進的薩斯奎哈納號，於十二月二十三日早上八點抵達事發地，得等到中午才能測得正確方位，也還沒找到綁在探繩上的浮標。

中午，布倫斯貝里艦長在負責觀測的軍官協助下，在大炮俱樂部代表們面前測定方位。這一刻，令人心焦，總算，方位確定了，薩斯奎哈納號正位於炮彈西方，與落海處僅差幾分鐘路程。

巡航艦隨即轉向，直奔確切地點。

十二點四十七分，他們發現浮標，完好無損，大概沒什麼漂移。

「終於！」馬斯通高喊。

「現在開始找人？」布倫斯貝里艦長詢問。

「分秒必爭。」馬斯通應道。

他們執行了一切可使巡航艦保持完全靜止的措施。

動手打撈前，莫爾奇森工程師得先弄清炮彈在海底的位置，負責搜尋的潛水機已充飽空氣，這些儀器使用上並非萬分安全，因爲在海底兩萬英尺深處，水壓極大，儀器隨時可能受損斷裂，後果不堪設想。

馬斯通、布倫斯貝里兄弟，與莫爾奇森工程師，義無反顧，都進入了空壓艙。艦長登上駕駛臺指揮操作，準備一有信號，便立即停放或拉回鏈條。螺旋槳已停止運轉，船上所有驅動機械的能源全數拿來支援絞盤，力求屆時能快速將儀器拉上船。

一點二十五分開始下水，空壓艙在儲水槽重量拖動下消失海面。

軍艦上的軍官及水手現在得同時掛念炮彈及潛水機裡的囚犯。至於潛水機的囚犯，早已忘卻一己之身，貼著舷窗玻璃，聚精會神，在汪洋中沿途查找。

下沉速度極快，兩點十七分，馬斯通及同伴已達太平洋底，但放眼望去，唯荒漠一片，不見任何海洋動植物，漆黑的海底經反射探照燈強力照射，可視範圍甚廣，卻還沒看見炮彈。

這幾位勇敢的潛水員是說不出的心焦，空壓艙以無線電聯繫巡航艦，依約定信號，薩斯奎哈納號拉著空壓艙，使其與海底固定保持幾公尺高，緩緩於一海里範圍內繞行。

他們就這樣搜遍海底平原，不時受幻影錯覺所欺，簡直快崩潰了。這方的岩石、那頭的

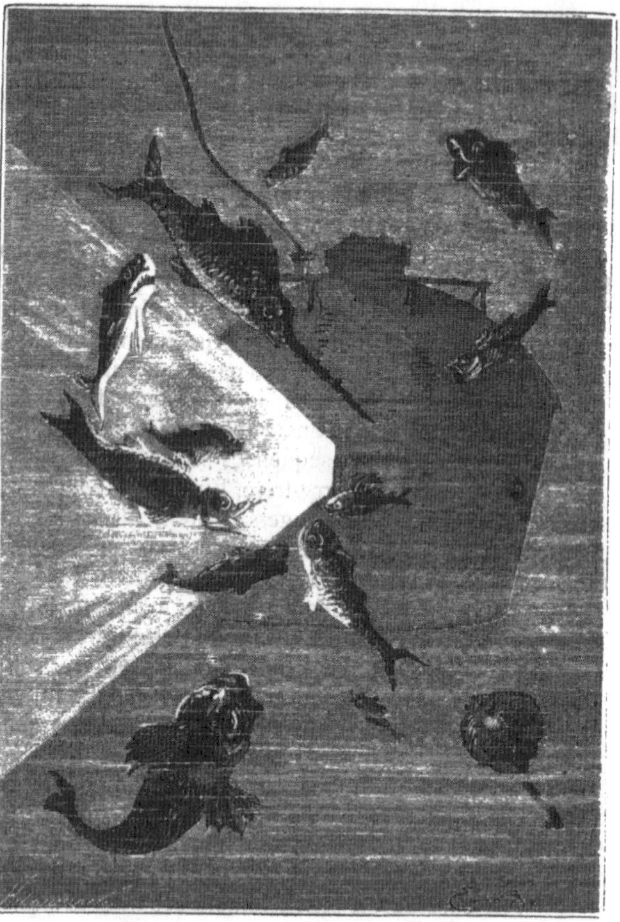

一點二十五分開始下水

沙丘，看起來就像他們急尋的炮彈，發現弄錯之後，不免又是一陣沮喪失望。

「他們到底在哪兒？在哪兒呢？」馬斯通嚷著。

這可憐人大聲呼喚尼修勒、巴比卡納、米歇勒・阿爾當，彷彿三位不幸的朋友得以聽見，或他們的回應可穿透這密閉環境一般！

他們照常搜尋，直至艙內空氣混濁，迫使潛水員不得不浮上水面爲止。

將近晚間六點，拖曳繩又開始運作，一直到午夜前才結束。

「明日再繼續。」馬斯通說，一面踏上巡航艦甲板。

「是。」布倫斯貝里艦長應聲。

「換個地方找。」

「是。」

馬斯通仍相信勝利在望，但同行之人心知此趟搜尋困難重重，已沒了起初的衝勁。在舊金山時看似容易，一來到這兒，四面汪洋，機會渺茫，成功機率大幅下滑，只能盼機緣巧合遇上炮彈了。

翌日，十二月二十四日，顧不得昨晚勞累，一行人又開始搜索。巡航艦朝西行駛數分鐘，補足空氣的空壓艙，帶著原班人馬再度潛入深海。

搜尋一整天，再度空手而回，海床空無一物，二十五日依舊未果，二十六日亦然。

士氣非常低落，眾人心繫那三位不幸的朋友，他們受困炮彈二十六天了！即使逃過墜落的危險，或許此刻也開始感到呼吸困難！隨著空氣用罄，勇氣、鬥志恐怕也消磨殆盡！

「空氣可能耗盡，」馬斯通總說，「但鬥志絕不可能。」

又找了兩天，直到二十八日，大家不再抱持希望，炮彈像汪洋中的一粒原子，不能再找下去了！

然而馬斯通完全聽不進離開的提議，至少得找到朋友的墳墓，否則他一定不走。可是布倫斯貝里艦長不能無止盡搜尋下去，無論可敬的祕書如何請求，他非得下令歸航。

十二月二十九日上午九點，薩斯奎哈納號啟程朝舊金山灣東北角前進。

上午十點，巡航艦航速極慢，似乎捨不得離開事發地，突然，一名在桅杆上查看海況的船員出聲大叫：

「下風處有個浮標！」

軍官全數朝所指方向望去，他們從望遠鏡裡看到船員指稱的物體，乍看像是海灣或溪河航道用以指路的航標，細看則有異，倒像一個錐狀物，露出水面五、六英尺，頂端插著一面旗子，隨風飄揚。這浮標在陽光下閃閃發光，其表面應由銀板組成。

布倫斯貝里艦長、馬斯通、大炮俱樂部眾代表，全登上駕駛臺，對這載浮載沉的物體端詳許久。

眾人盯著物體，坐立難安，卻鴉雀無聲，沒人敢說出自己的想法。

巡航艦駛近物體，彼此相距不到兩錨鏈[1]。

整船的人一陣騷動。

那是美國國旗！

這時，突然傳來一聲驚叫，原來是勇敢的馬斯通重重摔在地上，他一方面忘了自己的右臂早由鐵鉤取代，又忘了腦袋上只戴著一頂樹膠材質的小圓帽，於是這一跤跌得可不輕。

大夥兒衝上前扶起他，幫他恢復知覺，結果甦醒後他的頭一句話是什麼？

「哎呀！眞蠢！笨透了！咱們是十足的呆瓜！」

「怎麼回事？」眾人圍著他大聲問。

「什麼怎麼回事？」

「你倒是說呀！」

「就是，我們眞傻，」嚇人一跳的祕書扯著嗓，「炮彈重量不過一萬九千兩百五十磅啊。」

「是啊！」

1 錨鏈：航海單位，國際通用相當於一八五・二公尺，或十分之一海里。

「其排水量爲二十八噸，換言之，乃五萬六千磅，所以，它會浮起來！」啊！一如這位可敬的男士強調「浮起」一詞，事實的確如此！所有，沒錯，是所有科學家全忘了這條定律：由於炮彈特別輕巧，故墜落海底深處後，自當升回海面！現在它可不是正安穩地隨波浮動嗎……

軍艦放出數艘小艇，馬斯通和友人匆匆跳上一艘。群情激昂，每顆心都砰砰亂跳，小艇正逐漸駛近炮彈。炮彈裡會是何等光景？三人是活是死？活著，對！理應活著，除非巴比卡納及兩位朋友豎立旗幟後另遇死劫！

小艇上一點聲音也沒有，大家心跳加快，雙眼幾乎無法對焦，炮彈其中一面舷窗開著，窗框裡留著幾塊玻璃碎片，證明窗戶已然破裂，這扇舷窗高出水面五英尺。

有艘小艇貼近炮彈，是馬斯通那艘，馬斯通撲向那扇破窗……

這時，傳來一陣愉快爽朗的聲音，是米歇勒．阿爾當在說話，只聽他得意高呼：

「清一色，巴比卡納，是清一色！」

巴比卡納、米歇勒．阿爾當及尼修勒正玩著牌。

清一色！

結語

還記得三位旅行家是帶著滿滿祝福啟程，若這趟試驗開始之時，已讓新舊世界為之瘋狂，那麼待他們歸來又會如何熱情迎接呢？當初湧入佛羅里達半島的成千上百萬觀眾難道不會爭先恐後，再度來到了不起的探險家面前？這些自世界各地趕來美國海岸的外籍軍團，若不見巴比卡納、尼修勒及米歇勒．阿爾當，能甘願離開合眾國國土嗎？當然不能，偉大的科學試驗原本就該受到群眾熱情的回應。人類離開地球，登天經歷奇特之旅後再回來，自然得像先知以利亞有朝一日返回地球時那般，少不了盛大歡迎一番。眾人的心願不外乎是先爭睹本人，再親聞其言。

這也幾乎是合眾國全體人民共同的心願，應該很快得以實現。

巴比卡納、米歇勒．阿爾當、尼修勒及大炮俱樂部幾位代表，馬不停蹄趕回巴爾的摩，受到盛大歡迎。巴比卡納主席的旅遊筆記已準備付梓，《紐約先驅報》購得手稿，價格雖未公開，但憑手稿的重要性，想必是天價。實際上，《月球之旅》刊載期間，這家報社的發行量已衝到五百萬份。三位旅人返回地球才三天，連探險過程最枝微末節的小事也眾所皆知了，如今，只求可以看一眼成就非凡的英雄就好了。

巴比卡納和友人的環月探險使人類能夠驗證各類關於這顆地球衛星的理論，因為那是三位科學家歷經種種特殊條件，親臨現場觀測而來。如今可以知道，關乎此星體成因、起源、可居性的論述，哪些應該捨棄，哪些可以留下。月球的過去、現在、未來經完整揭露，再無祕密。誰能質疑三位嚴謹的觀測者指出月球山誌學上最奇特的山系第谷山，高度未達四十公里？而他們曾親眼細查柏拉圖圈谷谷底，誰又能與之呼應？旅程中，三人被意外帶往月球看不見的那面上方，觀測到人類肉眼至今未曾見過的景象，更有誰提得出反論？當前唯獨他們有權替既有的月面學研究提出界說，如居維葉[1]為化石骨骼訂立界說一般，他們可以說：這一半月球乃可居住地，且比地球更早有人居住！那一半月球無法住人，目前亦無人居住！

大炮俱樂部打算設宴慶祝他們最出名的成員及他的朋友歸來，唯宴會必須襯得起凱旋者，必須襯得起美國人民，還得使合眾國民眾皆可蒞臨參與。

全國鐵道線兩端皆以活動鐵軌連結，並在各車站懸掛相同的旗幟，布置相同的飾品，搭起規格一致的宴客桌，再逐站算準時間，依分秒不差的電子鐘所示，邀請民眾入席。

---

1 喬治・居維葉（Georges Cuvier, 1769-1832）：法國博物學家，也稱「古生物學之父」。

從一月五日到九日，一連四天，合眾國的火車如逢星期日般全面停駛，軌道保持淨空。獨留一節連結光榮車廂的特快火車頭，有權在這四天繞行美利堅合眾國任一鐵道。

火車頭載有一位司機及技師，並格外禮遇地，帶上大炮俱樂部可敬的祕書馬斯通。此車廂是巴比卡納主席、尼修勒船長及米歇勒．阿爾當的專用車廂。

技工一按響汽笛，火車便在歡呼、喝采及英文裡一切表達讚嘆的狀聲詞中，離開巴爾的摩車站，以每小時二十法里的速度前進，但這速度如何與三位射離哥倫比亞大炮時的速度相比？

就這樣，他們行經一個又一個城市，發現所到之處，民眾皆已入席，朝他們同聲歡呼、讚譽有加。他們走遍美國東部，行經賓夕法尼亞、康乃狄克、麻薩諸塞、佛蒙特、緬因及新布藍茲維省；接著橫越北部及西部，行經紐約、俄亥俄、密西根及威斯康辛；再南下經過伊利諾、密蘇里、阿肯色、德克薩斯和路易斯安納；然後行經阿拉巴馬、佛羅里達至東南方，北上路過喬治亞及卡羅萊納，又造訪中部田納西、肯塔基、維吉尼亞、印第安納；最後停靠華盛頓站，返回巴爾的摩。他們覺得這四天，全美民眾像是坐在同一張大型宴桌上，同時向他們喝采致意！

即使將三位英雄列入神話中的半神半人，也當之無愧。

現在，這趟旅遊史上毫無前例的探險能帶來什麼實質效益呢？我們能直行月球嗎？我們

愧無之當

能設立太空航行部門，負責月球世界業務嗎？未來能否來往行星之間，例如從木星到水星，再從此星到彼星，比如北極星到天狼星？又會不會發明一種運輸工具，帶我們造訪擠滿蒼穹的許許多多太陽？

這些問題，誰也答不上來。然而，見識過盎格魯．撒克遜人的大膽嘗試後，誰也不會對美國人想方設法應用巴比卡納主席的試驗感到驚訝。

還有，三位旅人歸來後一陣子，某家股份有限公司宣告成立，民眾樂見其成，這家公司資本額一億美元，每股一千美元，共十萬股，名為「全國星際運輸公司」。董事長，巴比卡納；副董事長，尼修勒船長；行政祕書，馬斯通；總幹事，米歇勒．阿爾當。

又因為美國人有種未卜先知的脾性，包括破產在內，所以事先聘請了德高望重的哈利．托洛普擔任監察人，弗朗西斯．戴東為破產管理人！

國家圖書館出版品預行編目資料

環繞月球／儒勒．凡爾納著；吳欣怡譯
——初版——臺中市：好讀，2018.05
面；　公分，——（典藏經典；114）
譯自：Autour de la Lune

ISBN 978-986-178-454-0（平裝）

876.57　　107002967

好讀出版

典藏經典 114

環繞月球

Autour de la Lune

作　　者／儒勒．凡爾納 Jules Gabriel Verne
譯　　者／吳欣怡
總 編 輯／鄧茵茵
文字編輯／王智群
內頁編排／王廷芬
行銷企畫／劉恩綺
發 行 所／好讀出版有限公司
407 台中市西屯區工業 30 路 1 號
407 台中市西屯區大有街 13 號（編輯部）
TEL: 04-23157795 FAX: 04-23144188 http://howdo.morningstar.com.tw
(如對本書編輯或內容有意見，請來電或上網告訴我們)
法律顧問／陳思成律師

總 經 銷／知己圖書股份有限公司
106 台北市大安區辛亥路一段 30 號 9 樓
TEL: 02-23672044／23672047 FAX: 02-23635741
407 台中市西屯區工業 30 路 1 號 1 樓
TEL: 04-23595819 FAX: 04-23595493
E-mail:service@morningstar.com.tw
網路書店：http://www.morningstar.com.tw
讀者專線：04-23595819#230
郵政劃撥：15060393（知己圖書股份有限公司）
印刷／承毅印刷股份有限公司

初　　版／西元 2018 年 5 月 1 日
定　　價／280 元
如有破損或裝訂錯誤，請寄回台中市 407 工業區 30 路 1 號更換（好讀倉儲部收）

Published by How Do Publishing Co., Ltd.
2018 Printed in Taiwan

ISBN 978-986-178-454-0

讀者回函

只要寄回本回函，就能不定時收到晨星出版集團最新電子報及相關優惠活動訊息，並有機會參加抽獎，獲得贈書。因此有電子信箱的讀者，千萬別吝於寫上你的信箱地址

書名：**環繞月球**

姓名：__________ 性別：□男 □女　生日：____年____月____日

教育程度：______________

職業：□學生 □教師 □一般職員 □企業主管

□家庭主婦 □自由業 □醫護 □軍警 □其他__________

電子郵件信箱（e-mail）：______________ 電話：__________

聯絡地址：□□□ ______________________

你怎麼發現這本書的？

□書店 □網路書店（哪一個？）__________ □朋友推薦 □學校選書

□報章雜誌報導 □其他______________

買這本書的原因是：______________

□內容題材深得我心 □價格便宜 □封面與內頁設計很優 □其他________

你對這本書還有其他意見麼？請通通告訴我們：

____

你買過幾本好讀的書？（不包括現在這一本）

□沒買過 □ 1 ～ 5 本 □ 6 ～ 10 本 □ 11 ～ 20 本 □太多了

你希望能如何得到更多好讀的出版訊息？

□常寄電子報 □網站常常更新 □常在報章雜誌上看到好讀新書消息

□我有更棒的想法______________

最後請推薦五個閱讀同好的姓名與 E-mail，讓他們也能收到好讀的近期書訊：

1.______________________________

2.______________________________

3.______________________________

4.______________________________

5.______________________________

我們確實接收到你對好讀的心意了，再次感謝你抽空填寫這份回函

請有空時上網或來信與我們交換意見，好讀出版有限公司編輯部同仁感謝你！

好讀的部落格：http://howdo.morningstar.com.tw/

好讀的臉書粉絲團：http://www.facebook.com/howdobooks

也可直接掃描
線上讀者回函

請填妥後對折黏貼，直接投郵即可，無須貼郵票。

廣告回函
臺灣中區郵政管理局
登記證第 3877 號
免貼郵票

好讀出版有限公司 編輯部收

407 臺中市西屯區何厝里大有街 13 號
電話：04-23157795-6　傳真：04-23144188

沿虛線對折

購買好讀出版書籍的方法：

一、先請你上晨星網路書店http://www.morningstar.com.tw檢索書目或直接在網上購買

二、以郵政劃撥購書：帳號15060393 戶名：知己圖書股份有限公司並在通信欄中註明你想買的書名與數量

三、大量訂購者可直接以客服專線洽詢，有專人為您服務：客服專線：04-23595819轉230 傳真：04-23597123

四、客服信箱：service@morningstar.com.tw